C・F・タニクリフ／レイモンド・シェパード［絵］
島村法夫［訳］

挿し絵入り版

老人と海

アーネスト・ヘミングウェイ［著］

The Old Man and the Sea
Ernest Hemingway

小鳥遊書房

ERNEST HEMINGWAY

The Old Man and the Sea. 1952

The Illustration by C. F. Tunnicliffe, Raymond Sheppard

目次

訳者あとがき

訳者はしがき

『老人と海』は一九五二年に米国と英国で同時に出版されました。本書は英国における出版元のジョナサン・ケープ社（当時）が、その翌年に出版した挿し絵入りの版に基づいています。

いつの日か本書の挿し絵を添えて、『老人と海』を訳出したいと思いながら、この時期になってしまったのは、挿し絵を担当した二人の画伯であるC・F・タニクリフとレイモンド・シェパードのうち、タニクリフの版権の所在がわからず、訳出が大分前に終わっていながら、生来のものぐさも手伝って、半ば出版をあきらめ先延ばしにしていたからです。

とはいえ、翻訳が終わった時点で、いくつかの出版社や然るべき機関に問い合わせをして調べてもらいましたが、いずれも版権についてはっきりした返答が得られないままでした。

ところが、二〇二二年十月、小鳥遊(たかなし)書房の高梨治さんから「チャールズ・タニクリフ協会」なるサイトがあることを教えられました。幸いなことに e-mail のアドレスが記されていたため、版権について何か情報が得られるかもしれない、と藁をも掴む思いで問い合わせたところ、同協会のケン・ブロートン氏から、「ザ・エステート・オブ・C・F・タニクリフ」という彼の作品の財産権を所管しているタニクリフ画伯の遠縁に当たるジョン・ハドルストン氏に、版権について問い合わせるように勧められました。

こうしてハドルストン氏との接触が可能になり、書状とメールで翻訳の目的、挿し絵を使用したい意図等を説明すると、気持ちよく挿し絵を使用する許諾を与えてくれました。これで無事、宙ぶらりんの状態にあった懸案事項が片づいたのです。ハドルストン氏には衷心より感謝申し上げる次第です。

この二人の画伯は、英国の鳥をはじめ、種々の野生生物を繊細かつ写実的に描く並々ならぬ技量の持ち主で、膨大な量の優れた作品を遺している著名な芸術家です。本書ではタニクリフの挿し絵が十六枚、シェパードのそれが十八枚、計三十四枚の挿し絵が使われています。私が挿し絵に拘る理由は、これらの挿し絵が、必ずや作品に対する興味を倍加させ、読者の作品に対する共感と理解を一層深めてくれるものと信じて疑わないからです。

読者の皆さんには「訳者あとがき」も併せて読んでいただき、『老人と海』はいかなる作品なのか、さらにはヘミングウェイはどのようにして『老人と海』という作品に行き着いたのか、その経緯について知っていただき、本作への理解をさらに深めていただければ、訳者として大いなる喜びです。

チャーリー・スクリブナーとマックス・パーキンズに捧ぐ

*チャーリー・スクリブナー（Charlie Scribner,1890-1952）ヘミングウェイ作品の出版元の社主。『老人と海』の草稿を読み絶賛したが、出版を見届けることなく死去した。

*マックス・パーキンズ（Max Perkins, 1884-1947）同社の名編集人。ヘミングウェイの精神的文柱であったが、四七年七月に死去した。

◉文中に付した（＊　）は訳註を示し、巻末にまとめてある。

◉挿し絵の執筆分担は、頁数で示した以下の通り。

C・F・タニクリフ：17, 28, 30, 38, 41, 54, 64, 73, 85, 94, 104, 108, 118, 126, 139, 148

レイモンド・シェパード：扉, 10, 21, 36, 42, 43, 44, 46, 50, 51, 58, 67, 79, 90, 111, 124, 140, 143

老人と海

　彼は年老いていて、ひとり小舟に乗り、メキシコ湾流で漁をしていた。これまで八十四日間も一匹も釣れないでいた。最初の四十日は、少年が一緒だった。だが一匹も釣れない日が四十日も続くと、彼の両親は、爺さんはとうとうとんでもないサラオになってしまったんだ、と少年に言って聞かせた。サラオとは、スペイン語で最悪の不運な状況を表す語だ。少年は両親の言いつけで別の舟に乗って、最初の週で、立派な魚を三匹も仕留めた。来る日も来る日も、老人が空(から)の小舟で港に戻ってくるのを見ると、悲しかった。少年はいつも浜辺に行って、ぐるぐる巻きにした釣綱(*1)とか鉤竿(かぎざお)(*2)や銛(*3)、それと帆をぐるぐる巻いたマストを運ぶのを手伝った。帆には、小麦粉を入れる布製の大袋で作った継ぎが、あちこちに当ててあった。それがマストに巻きついていると、永遠の敗北を暗示する旗のようであった。

　老人は痩せ細っていて、首の後ろには深い皺(しわ)が刻まれている。熱帯の海に降り注ぐ太陽の照り返しのせいで、頬には褐色の良性の皮膚癌のしみがいくつもできていた。しみは顔の左右のずっと下の方まで広がっている。両手には重い魚を釣り上げたときに釣綱が擦れてできた、深い皺のような傷がいくつもあった。だが、傷はどれひとつ新しいものではなかった。その傷は、魚のいない不毛な砂漠で起こった浸食の跡のように古かった。

彼は何もかも古かった。違うのは目だ。海と同じ色で、生気に満ちあふれ、不屈そのものの目だ。

「サンティアーゴ」(*4) 小舟を引き上げた浜辺から斜面を登っていくと少年が言った。「また一緒に漁に行けるよ。お金も少し稼いだし」

老人は少年に漁を教えてきた。だから少年は彼が大好きだった。

「だめだ」老人が言った。「おまえの舟にはつきがある。やつらと一緒にいるんだ」

「でも覚えているでしょ。八十七日間も一匹も釣れないで、それから三週間、毎日何匹も大物が釣れたときのことを」

「覚えているよ」老人が言った。「おれのやり方を疑って見捨てたんじゃないことぐらい、わかってるさ」

「父さんだよ、引き離したのは。ぼくは半人前だから、言うことを聞かなくちゃならないし」

「わかってるさ」老人が言った。「ごく当り前のことだ」

「あまり信念がないんだね」

「そうだな」老人が言った。「だが、おれたちにはある。そうじゃないかい？」

「うん」少年が言った。「テラス食堂でビールをおごるよ。それから釣り道具を家まで運べばいい」

「じゃあ、ごちそうになるか」老人が言った。「おれたち、漁師仲間だからな」

ふたりはテラス食堂に腰を下ろした。多くの漁師が老人をばかにした態度をとったが、彼は怒らなかった。他の連中、つまりはベテランの漁師たちは、彼を見て悲しい気分になった。だがそうした素振りは見せずに、老人に敬意を払い、潮の流れや釣綱を垂らした深さ、ずっと好天が続いていることや目にしたことなどを話した。その日豊漁だった漁師たちはすでに港に戻っていて、獲物のマーリン(*5)をすっかりさばいて二枚の板に長々と寝かせ、二人の男が板の両端を持って魚置き場の小屋までよろよろしながら運んでいった。そこでハバナの魚市場へ運ぶ冷蔵トラックが来るのを待つのだ。鮫を捕まえた連中は、入江の対岸にある鮫解体工場に持っていき、滑車巻き上げ装置で鮫を釣り上げると、肝臓を取り除き、ひれを切り落とし、皮をはいで、肉を塩漬け用に切り身にするのだった。

風が東から吹くと、港の向こうから鮫解体工場の悪臭が漂ってきた。しかし今日は、風が北風に変わり次第に弱まっていたので、臭気はほんのわずかで、テラス食堂は心地よく、日がさんさんと降り注いでいた。

「サンティアーゴ」少年が言った。

「なんだい」老人が言った。彼はグラスを手にして遠い昔に思いを馳せていた。

「ちょっと行って、あした使うイワシをとってくる」

「いや、いいんだ。野球をして遊んでおいでよ。まだ舟だって漕げるし、投網だってロへリオが打ってくれるから」

「とりに行きたいんだよ。漁に行けないのなら、何かして役に立ちたいんだ」

「ビールをおごってくれたじゃないか」老人は言った。「おまえはもう立派な大人だよ」

「いくつのときだっけ、舟にはじめて乗せて、漁に連れてってくれたのは」

「五つさ。もう少しで死ぬところだったんだ。すごく生きのいいやつを引き揚げると、暴れまわって、危うく舟を木っ端みじんにするところだった。覚えてるかい」

「覚えているよ。尻尾を激しくばたつかせ、小舟の腰掛梁(はり)(＊6)が壊れ、魚をこん棒で叩く音がすごかった。じいちゃんが濡れた釣綱をぐるぐる巻いて置いてある舳先(へさき)の方へぼくを投げ飛ばし、舟がものすごく揺れたっけ。それから木を切り倒すみたいにやつをぶっ叩く音。体中にしみ込んだ生々しい血の匂い」

「本当に覚えているのかい。あとで話したからじゃないのか」

「初めて漁に出掛けたときから、みんな覚えてるさ」

老人は少年を見やったが、日焼けした顔で見つめる両の眼には、いかにも自信たっぷりの慈愛に満ちたやさしさがにじみ出ていた。

「おまえがおれの子だったら、連れていって一か八かやってみるんだが」老人が言った。「だが、おまえは父ちゃんとおっ母さんの子で、ついてる舟に乗っている」

「イワシをとってくるよ。餌用の魚が四匹、どこで手に入れるか知ってるから」

「今日使ったのが残ってるよ。塩漬けにして箱に入れてある」

「生きのいいやつを四匹、持ってくるから」

「一匹でいいよ」老人が言った。彼は決して希望と自信を失ったことがなかった。だが、今そのふたつが、浜風が吹き出したときのように、ふたたび勢いづいてきた。

「じゃあ二匹」と少年が言った。

「二匹にしよう」老人が同意した。「まさか盗んだんじゃないだろうな？」

「その気になれば、できたさ」少年が言った。「でも、買ったんだよ」

「ありがとよ」と老人が言った。老人はもったいぶることがなかったので、いつごろからこんな風にへりくだるようになったのか、思いもしなかった。だが、そうなったのはわかっていて、それが別に恥ずかしいことではなく、真の誇りを失うものではないとわかっていた。

「この潮の流れからすると、明日は釣りにはもってこいの日になる」

「どの辺りに行くの」少年が尋ねた。

「はるか沖合に出て、追い風になったら戻ってくるよ。夜が明ける前には沖に出ていたいんだ」

「沖に出て漁をするよう、親方に言ってみるよ」少年が言った。「そうすれば、じいちゃんがものすごく大きなやつを釣ったとき、助けに行けるだろ」

「やつは沖に出て漁をするのを嫌がるぜ」

「そうだね」少年が言った。「でも、鳥が餌になる魚を漁る（あさ）ような、親方の目では見えない景色を見つけてやって、そこにいるはずのシイラ（＊7）を目がけて沖に出るように、そそのかしてみるから」

「やつの目はそんなにひどいのかい？」

「ほとんど見えないんだ」

「おかしいな」と老人が言った。「海亀獲りなんかやらなかったのに。あれをやると、目が台無しになる」

「でも、じいちゃんは何年もモスキート海岸(*8)の沖で、海亀獲りをやってたじゃないか。それで目がいいんだから」

「変わった老人だからさ」

「でも、今だって、どでかい魚を仕留める体力がたっぷりあるんだろ」

「そうだね。それにうまい手をいくつも知ってるし」

「釣り道具を家まで運ぼうか」少年が言った。「そしたら投網を持って、イワシをとりに行けるから」

ふたりは舟から漁具をかき集めた。老人はマストをかつぎ、少年は堅く撚(よ)った茶色い釣綱をぐるぐる巻きにして入れた木箱と鉤竿、それに柄のついた銛を運んだ。餌を入れた箱がこん棒と一緒に船尾の下に置いてあった。こん棒は大魚を舟べりに引き寄せたとき、叩いて抑え込むためだ。老人から盗むやつなんていない。だが、夜露に当たるとよくないので、帆と重い釣綱は持って帰った方がよかった。地元の連中で、盗みを働く輩などいないと固く信じていたが、老人は鉤竿や銛は、舟に置きっぱなしにしておくと、要らざる盗み心を引き起こさないとも限らないと思っていた。

ふたりは老人の小屋まで歩いて行って、開けっ放しのドアから中に入った。老人が帆を巻きつけたマストを壁に立てかけると、少年は隣に道具箱とほかの漁具を置いた。マスト

の長さはたった一つしかない部屋の奥行とほぼ同じだった。小屋は、スペイン語でグアノと称する大王やしの若芽を包んでいる頑丈な莢(さや)でできていて、中にはベッドとテーブル、それと椅子がひとつ、それから炭を使って料理する土間があった。丈夫な繊維のグアノの葉を平らにして何枚も重ねた茶色の壁には、イエスの聖心[*9]の彩色画とコブレの聖処女[*10]の絵が飾ってあった。二枚とも亡くなった妻の形見だ。以前は薄く着色した妻の写真が壁に飾ってあったが、取り外してしまった。写真を見ると、どうしようもなく寂しくなってしまったからで、今は部屋の隅っこにある棚の上に、自分の洗い立てのシャツをかぶせて置いてあった。

「食べものは何かあるの」少年が尋ねた。

「鍋にイエローライス[*11]と魚の混ぜご飯がある。食べてゆくかい」

「いいよ、家で食べるから。火を起こしてあげようか」

「いいよ、あとでやるから。冷たいまま食べてもいいんだし」

「投網、持ってってもいいかい」

「もちろんだよ」

投網なんかなかった。少年は投網を売っちゃったのを覚えていた。でも、毎日こんな作り話を演じていたのだ。鍋に混ぜご飯もなかったが、少年はわかっていた。

「八十五っていう数は縁起がいい」老人が言った。「食肉用に臓物を取り除いて千ポンドを超えるやつを釣って、港に戻ってくるのを見たいだろ」

「投網を持って、イワシをとりに行ってくるね。戸口に座って日向ぼっこでもしててよ」

「そうするか。昨日の新聞があるし、野球の記事でも読んでるよ」

少年は昨日の新聞まで作り話かどうかわからなかった。でも、老人はベッドの下から新聞を取り出してきた。

「酒場でペリコがくれたんだ」老人が説明した。

「イワシを手に入れたら、戻ってくるからね。じいちゃんとぼくの分を一緒にして氷で冷やしておくから、朝になったら分けようね。戻ったら、野球の結果を教えてよ」

「ヤンキース(＊12)が負けるはずないさ」

「でも、クリーブランド・インディアンズ(＊13)が気がかりだ」

「おい、おまえ。ヤンキースを信頼しないでどうするんだ。大ディマジオ(＊14)がいるんだから」

「ぼくはデトロイト・タイガース(＊15)とクリーブランド・インディアンズが気が気でないよ」

「気をつけることった。この調子だと、シンシナティ・レッズ(＊16)とシカゴ・ホワイトソックス(＊17)まで気になってくるぞ」

「調べておいてよ。戻ってきたら教えて」

「下二けたが八十五の宝くじを買っておくのがいいかな。明日は八十五日目だ」

「そうしよう」少年が言った。「でも、じいちゃんの大変な記録の八十七はどうしよう」

「あんなこと、二度と起こらないさ。下二桁が八十五のくじは買えるかい」

「注文してやるよ」

「一枚たのむ。二ドル半だったね。貸してくれるやつがいるかな」

「そんなの簡単さ。いつだって二ドル半は借りられるよ」

「たぶん、おれだって借りられるさ。でも、借りないようにしてるんだ。一度借りると、次は物乞いするようになるっていうから」

「じいちゃん、身体が冷えないようにするんだよ」少年が言った。「九月だっていうこと忘れないでよ」

「大物が釣れる月だ」老人が言った。「五月ならだれだって釣れる」

「じゃあ、イワシをとってくるからね」少年が言った。


　少年が戻ったとき、老人は椅子に腰かけたままぐっすり眠っていた。日は沈んでいた。少年はベッドにあった古くなった軍用毛布[*18]を持って来て、椅子の背と老人の肩の上にかけてやった。奇妙な肩だ。歳はとっても、相変わらず筋骨たくましい。首も今だにがっちりしている。そして、ぐっすり眠って、前かがみになっていると、首の皺があまり見えない。

シャツには老人の小舟の帆さながらに、いくつも継ぎが当ててあって、太陽の光を浴びたせいで色が褪せて変色している。とはいうものの、老人の頭はいかにも年寄りじみていて、目を閉じていると、顔にはまったく生気がない。新聞が両膝の上に置いてあったが、腕の重みで夕方の浜風が当たっても飛ばされないでいた。老人は裸足だった。

少年は老人をそのままにして立ち去ったが、戻ってきてもぐっすり眠ったままだった。

「じいちゃん、起きなってば」少年は言って、片手を老人の膝の上に置いた。

老人は目を開いたが、しばらくは遠く離れたところから戻ってくるところだった。やがて老人が微笑んだ。

「何を持ってきたんだい」彼が尋ねた。

「夕ご飯さ」少年が言った。「一緒に食べようよ」

「あまり腹減ってないよ」

「さあ食べようよ。食べなくちゃ魚は釣れないぜ」

「食わなくったって釣れたさ」老人はそう言って体を起こすと、新聞を手に取って折りたたんだ。それから毛布をたたみ始めた。

「毛布を体に巻きつけたままにしといて」少年が言った。「ぼくが生きている間は、何も口にしないで漁なんかさせないから」

「それじゃ長生きして、体を大事にしろよ」老人が言った。「何を食べるんだい」

「黒豆ご飯とバナナを揚げたやつかな。それにシチューが少しある」

少年はそれを二段重ねの金属の容器に入れて、テラス食堂から運んできた。二組のナイフとフォーク、それにスプーンが、紙ナプキンに包んで少年のポケットに入っていた。

「誰がくれたんだい」

「マーティンだよ。オーナーの」

「お礼を言わなくちゃな」

「もう言っといたよ」少年が言った。「じいちゃんは言わなくていいんだ」

「でっかい魚の腹の肉を贈ることにしよう」老人が言った。「しょっちゅう、いろいろやってくれてるんだろう？」

「そうさ」

「それじゃ、腹の肉よりいいところを上げなくちゃ。いろいろ気配りしてくれてんだから」

「ビールを二本届けてくれたよ」

「おれには缶ビールが一番さ」

「わかってるさ。でも、こいつはアトゥエイ・ビール(*19)の瓶の方だよ。瓶は返しておくから」

「そいつはありがたい」老人は言った。「じゃあ食べようか」

「ずうっと食べようって言ってたろ」少年はやさしく言った。「じいちゃんがその気になるまで、容器を空けたくなかったんだ」

「もうその気になったさ」老人は言った。「ちょっと手を洗いたかっただけなんだから」

どこで洗う気なんだろう、少年は思った。村の給水場は、道を二つばかり渡って下ったところにあった。じいちゃんのために、水を汲んでやらなくては、少年は思った。それに、石鹸ときれいなタオルも。どうして気が回らなかったんだろう。着替えのシャツや冬用の上着、それに靴と、毛布だってもう一枚必要だ。

「このシチュー、うまいな」老人が言った。

「野球の話をしてよ」少年がせがんだ。

「アメリカン・リーグは、おれが言ったように、ヤンキースだよ」老人が嬉しそうに言った。

「今日は負けちゃったじゃないか」少年が老人に言った。

「どうってことないさ。大ディマジオが、調子を取り戻してきたからな」

「チームには他の選手もいるし」

「当然さ。でも、やつは別格だ。ナショナル・リーグでは、ブルックリン[*20]対フィラデルフィア[*21]だったら、ブルックリンだな。いやそれより、思い出すのはディック・シスラー[*22]と、あいつがこっちの球場で何本も打った物凄いホームランだよ」

「あんなでっかいのは初めてだよ。今まで見たやつじゃあ、一番飛んだんじゃないかな」

「覚えているかい。よくテラス食堂に来てたね。やつを漁に連れて行きたかったけど、どぎまぎしちゃって言い出せなかった。それで、おまえに頼んだんだけど、おまえもおじけづいちゃって駄目だったな」

「そうだった。あれは大失敗だったよ。一緒に行ってくれたかもしれないし。そうなったら、死ぬまで大切な思い出になったのに」

「大ディマジオを漁に連れてってやりたいな」老人は言った。「やつの親父は漁師だったそうじゃないか。多分おれたちと同じくらい貧乏だったから、気持を汲んでくれるだろう」

「大シスラーの親父(*23)さんは、決して貧乏なんかじゃなかった。ぼくの歳のころには、もうメジャーリーグでプレーしてたんだから」

「おまえの歳のころは、アフリカに向かう横帆式の船(*24)の水夫をやっていて、夕方になると浜辺にやってくるライオンたちを見物したものさ」

「知ってるよ。まえに話してくれたもの」

「アフリカについて話そうか。それとも野球にするかい」

「野球がいいな」少年が言った。「偉大なるジョン・J・マグロー(*25)の話をしておくれよ」

少年はJを「ホタ」と発音した。

「あいつも、もっと何年も前のことだけど、テラス食堂にときどき来ていたよ。だけど、激しい気性で話し振りはがさつときていて、酔っぱらうと手に負えなかった。野球もそうだけど、競馬にも目がなかった。ポケットにいつだって出走馬のリストだけは入れていて、よく電話で馬の名前を言ってたよ」

「偉大な監督だったんだね」少年が言った。「親父はやつが一番だったと思ってるんだ」

「いつだってここに来てたからな」老人は言った。「もしドローチャー(*26)が毎年続けて来てたら、あいつが一番だと思うさ」

「本当はだれが最高の監督なの。ルケ(*27)なの、それともマイク・ゴンザレス(*28)?」

「互角ってとこだろうな」

「そして最高の漁師っていったら、じいちゃんだ」

「いや違う。もっとすごいやつを何人も知ってるさ」

「とんでもない」少年が言った。「そこそこの漁師はたくさんいるし、すごく腕のいい漁師も何人かいるよ。でも、じいちゃんだけだよ、最高なのは」

「ありがとよ。いい気分にしてくれるじゃないか。願わくば、おれたちが思っていることが間違いだっていうことが、はっきりわかっちゃうようなでっかい魚が現れなけりゃいいんだが」

「じいちゃんが言ってるように、まだたっぷり体力があるんなら、そんな魚なんているわけないよ」

「思ってるほど体力がないかも知れないぞ」老人が言った。「でもいろんな手を知ってるし、おれにはびくともしない意思っていうものがある」

「もう寝なくちゃね。すっきりした気分で朝を迎えられるように。借りた食器類はテラス食堂に返しておくから」

「じゃあお休み。朝起こしてあげるよ」

「じいちゃんはぼくの目覚まし時計だね」少年が言った。

「齢を重ねると、目覚まし代わりになっちゃうのさ」老人が言った。「年寄りは、どうして早起きなんだ。一日を少しでも長く過ごしたいからかな」

「さあね」少年が言った。「確かなのは、若いやつは遅くまでぐっすり眠るってことさ」

「おれにも思い当たるふしがある」老人が言った。「ちょうどいいときに起こしてやるから」

「親方に起こされるのがいやなんだ。半人前みたいでさ」

「わかるよ」

「じゃあおやすみ、じいちゃん」

少年が出ていった。ふたりはテーブルに明かりがないまま食事をしたのだ。老人はズボンを脱ぐと、暗がりのなかでベッドに入った。ズボンを丸めて枕を作り、その内側に芯にする新聞紙を入れた。毛布にくるまると、ベッドの裂け目をふさぐのに使った別の古い新聞紙の上で眠りについた。

　ほんの少しの間ぐっすり眠り、少年のころのアフリカの夢を見た。長く続く黄金色の海岸と白い浜辺。あまりに真っ白で目を傷めそうだ。それに高く聳(そび)える岬と壮大な茶色い山並み。今や夜ごとその海岸付近で暮らし、夢を見ては寄せては砕ける波の音が響き渡るのを聞き、先住民の舟が何艘(そう)も荒波を通り抜けてやってくるのを見た。眠りながら甲板のタールと槇肌(まいはだ)(＊29)のにおいを嗅ぎ、朝になると陸風がもたらすアフリカの匂いをかいだ。

　陸風の匂いを嗅ぐと、いつもなら目を覚まし、着替えをして少年を起こしにいった。しかし今夜は、とても早く陸風の匂いがしたので、彼は夢のなかで陸風があまりにも早く吹き始めたのがわかった。そこで、夢を見続け、カナリヤ諸島(＊30)の峰々が海面からそそり立っているのを見た。それから今度は、島々にあるさまざまな港や湾外の停泊地の夢を見た。

嵐や女、それに大事件や大魚、あるいは殴り合いの喧嘩や力競べ、それに自分の女房までも、もはや夢に出てくることはなかった。今ひたすら夢に現れるのは、さまざまな場所と浜辺にたむろするライオンだった。ライオンたちは夕闇がせまるなかで子猫のようにじゃれていた。老人は少年を愛するように子猫が大好きだった。少年は決して夢に現れなかった。彼は自然に目覚めると、開けっ放しのドアから月を眺め、丸めて枕代わりにしていたズボンをほどいて身に着けた。小屋の外で小便をすると、道を登って少年を起こしにいった。朝の寒さで震えていたが、震えているうちに暖かくなって、すぐに舟を漕ぎ出せるのがわかった。

少年が暮らしている家のドアは、鍵がかかっておらず、ドアを開けると裸足でそっと入っていった。少年は入ってすぐの部屋の、幅がそれほどない質素な狭いベッドでぐっすり眠っていた。老人は沈みゆく月の光が差し込んでいるおかげで、少年の姿をはっきり見ることができた。一方の足をそっと掴んで、少年が目を覚まして振り向いて彼の顔を見るまで、掴んでいた。老人が起きるように促すと、少年はベッドのそばの椅子からズボンを取って、ベッドに腰を下ろしてズボンをはいた。

　老人がドアから出ると、少年が彼に続いた。少年は眠たげで、老人は彼の肩に腕を回して言った。「すまないな」

「とん（ケ）でもない（バ）よ」と少年が言った。「一人前の男だったら、しなくちゃならないことなんだから」

　ふたりは道を下って老人の小屋まで歩いて行った。道すがらずっと、暗がりのなかを、裸足の男たちが自分たちの船のマストを担いで移動していた。

　老人の小屋に着くと、少年が釣綱をぐるぐる巻いて入れた箱とか銛や鉤竿を持ち、老人は帆を巻きつけたマストを担いで運んだ。

「コーヒー飲むかい？」少年が尋ねた。

「まずは舟に漁具を置いてこなくちゃ。それから飲むとするか」

ふたりは、漁師目当てに飲食物を出す関係で、早朝から開いている店で、コーヒーをコンデンス・ミルクの空缶についで飲んだ。

「よく眠れたかい、じいちゃん」少年が尋ねた。眠りから覚めるのは相変わらず大変だったが、少年はやっと目が覚めてきた。

「よく寝たよ、マノリン」老人は言った。「今日は自信がある」

「ぼくもだよ」少年が言った。「さて、じいちゃんとぼくの使うイワシと、じいちゃんの生きのいい餌を取ってこなくちゃ。親方はみんなが使う漁具を自分で持っていくんだ。決してだれにも運ばせないんだ」

「おれたちは違う」老人が言った。「おまえが五歳のときから、いろいろ運んでもらっているからな」

「そうだよ」少年が言った。「すぐに戻ってくるから。もう一杯コーヒー飲んでてよ。ぼくたち、この店じゃ信用があるんだから」

少年は裸足でサンゴの小石の上を歩いて、餌をしまっておいた氷室へ行った。

老人はゆっくりコーヒーを飲んだ。一日で口にするのはこれだけだった。だから、これだけは飲まなくてはだめだとわかっていた。もう長いこと、食べるのに飽きてしまっていて、決して弁当を持っていかなかった。小舟の舳先に水を入れた瓶を置いていて、一日に必要なのはそれだけだった。

少年がイワシと二匹の餌を新聞紙に包（くる）んで戻ってきた。ふたりは足の下に小石の混じった砂を感じながら、踏みならされてできた小道を下って、小舟まで歩いていき、それから小舟を持ち上げ海に押し出した。

「じゃあ、がんばってよ、じいちゃん」

「おまえもな」老人が言った。彼はオールの端に結びつけてあるロープ(*31)の輪をオール受けにしっかりはめ込むと、前かがみになってオールのブレードで水を押しのけて進みながら、闇のなかを港の外へ漕ぎ出していった。他の浜辺から外海へ漕ぎ出していった舟が何艘もあった。月が丘の向こうに沈んでしまったせいで、他の舟は見えなかったが、彼らが一定のリズムでオールを水から抜いては、再び後方の水にオールを漬ける動作を繰り返し、舟を漕ぎ進める音が聞こえた。

たまにだれかのしゃべり声が聞こえたが、たいていの舟は静かで、オールを水に浸す音しか聞こえなかった。舟は港から外海へ出ると、ばらばらに散らばって、魚が取れると見込んだ海域へ向かっていった。老人はかなり遠くまで向かっているのがわかった。彼は背後に陸（おか）の香りを残し、早朝のさわやかな海の香のなかに舟を漕ぎ出したのだった。

水中に海藻のホンダワラ(*32)が発する燐光が見えた。漁師たちが大井戸と呼んでいる海域で舟を漕いでいるときで、そこは急に七〇〇尋(ひろ)(＊33)の深さの海淵になっていて、潮流が海底の急勾配の岩壁にぶつかって渦ができる関係で、あらゆる種類の魚が群れをなして集まってくる。ここには、小エビや餌になる魚がたくさん集まっていて、ときには一番深い穴にイカの群れがいることもある。夜になると、こうした生き物が海面近くに上がってきて、あらゆる回遊中の魚の餌食になるのだ。

闇のなかで、老人は朝の気配を感じ取っていた。小舟を漕ぎながら、トビウオが水から飛び出るときに出すブルンという音や、闇のなかで空中高く舞い上がるとき、しっかり固定された両の翼が出すシューという音を聞いた。彼はトビウオが大のお気に入りだった。海上では一番の友達だからだ。彼は鳥たちをかわいそうに思った。特に気の毒なのは、いつも飛び回って餌を探していながら、ほとんど餌にありつけない小さくてきゃしゃなクロハラアジサシだ(＊34)。鳥は、おれたちよりも悪戦苦闘しながら暮らしているんだ、彼は思った。他の鳥が捕まえた獲物を奪い取ってしまう泥棒鳥(＊35)や大柄でがっしりした鳥は別だ。海が荒れに荒れて牙をむくときがあるのに、どうして神様はアジサシ(＊36)のようにきゃしゃで優美な鳥をお造りになったのか。海はやさしくて、とても美しい。でも海は荒々しく牙をむき、しかも突然そうなる。小さな悲しそうな声を出して、急降下しては獲物を漁って飛んでいる鳥たちは、海で生きていくにはあまりにきゃしゃにできている。

彼は海のことをいつもラ・マルと考えていた。土地の者たちは、海に愛情を抱いているときに、スペイン語でこう呼ぶのだ。海に愛情を抱いている連中でも、ときとして海の悪口を言うが、いつだって海がまるで女性であるかのように悪口を言う。若い漁師たちは、釣綱につける浮きにブイを使い、鮫の肝臓で大儲けしてモーターボートを買った連中で、海のことを男性名詞でエル・マルと呼んでいた。彼らは海を競争相手とか場所、もしくは敵であるかのように語るのだった。だが老人は、海をいつも女性として、つまりは大変な恩恵を施してくれるかと思えば、恩恵を施すのを冷たく撥(は)ねつけてしまうものでもあると考えていた。海が乱暴ないしは邪悪なことをしても、海は止めようにも何もできない。月は女性を狂わせるように、海も狂わせてしまう、彼は思った。

　彼は休まず漕いでいたが、きつくはなかった。というのは、いつものスピードを十分守っていたし、潮の流れでときたま渦ができるのを別にすれば、海面も穏やかそのものだったからだ。潮の流れのお蔭で、三分の一の労力で舟を進めることができた。明るくなってわかったのは、このときまでには来たいと思っていた場所より遠い沖まで、とっくに来てしまっていることだった。

　一週間、大井戸で魚を探し求めたが、お手上げだった、彼は思った。今日はカツオ(*37)やビンナガ(*38)の群れがいるところで存分に仕事をしてみよう。もしかしたら、やつらと一緒に大きな獲物がいるかもしれない。

本格的な明るさにならないうちに海に餌を投下して、潮の流れのままに舟を漂わせておいた。最初の餌は四十尋の深さにあった。二番目は七十五尋、三番目と四番目は青い海の奥深く一〇〇尋と一二五尋の深さにあった。餌はそれぞれ頭を下にして垂らし、餌になる魚の内側に釣針の軸を埋め込んで、しっかり縛って縫いつけてあった。釣針の突き出ている部分、つまり針先の曲がっているところと針の先端部分には、どれも生きのいいイワシがかぶせてあった。イワシはそれぞれ、針を両目に突き刺して釣針に引っ掛けてあった。それで、イワシは突き出たはがねの針先の上で、半円形の花輪のようになっていた。釣針のどの部分をとっても、大魚にはうまそうな匂いや味がするだろう。

少年が彼にくれたのは二匹の生きのいい小さなマグロ、(＊39)つまりはビンナガだった。それを錘(おもり)のように二本の一番深いところに沈めてある釣綱に取りつけ、他の釣綱には前に使った大きなブルーランナー(＊40)やヒラマサ(＊41)がついていた。今でも餌にするにはいい具合で、それと一緒にいい匂いを発して獲物をおびき寄せるのに飛び切りのイワシもつけてあった。それぞれの釣綱は、大きな鉛筆ほどの太さで、ちょっとでも引きがあったり獲物が餌に触れたりすれば傾くのがわかるように、切ったばかりの緑の小枝が釣綱に巻き付けて留めてあった。そして、それらの釣綱には二本の四十尋の長さの巻綱が備えてあって、それを他

の予備の綱にしっかりつなぐことができるので、魚は、必要に迫られれば、三〇〇尋を超える長さの綱を引き出せる手筈になっている。
　老人は今、舟べり近くの浮き代わりにしている三本の小枝の傾きをじっと見つめ、釣綱を垂直に丁度よい深さのままにしておくために、静かに漕いでいた。もうすっかり明るくなっていて、今にも太陽が昇ってくるだろう。
　太陽が鈍い光を発して海から昇ってくると、他のいくつもの舟が、潮流の向こう側で、海面低く、ずっと陸寄りのところで、点々と散らばっているのが見えた。やがて太陽が以前より輝きを増し、ぎらぎら照りつける陽光が海面を照らした。しばらくして太陽が海面から離れると、波ひとつない穏やかな海が陽光を反射して目をひどく痛めるので、彼は太陽を見ないようにして舟を漕いだ。海の中を覗き込むと、真っ暗な海に真っ直ぐに垂れ下がっている釣綱が見えた。彼はだれよりも釣綱を真っ直ぐに垂らしたままにしていたので、暗い潮流の中のそれぞれの水深のところで、つまりは彼がまさにここぞと思った場所で、餌にする魚が垂れ下がっていて、辺りを泳ぎ回るあらゆる魚を待ち受けているわけなのだ。他の漁師たちは餌を潮流のおもむくままに漂わせるので、ときには一〇〇尋の水深に餌があると思っていて、六十尋の水深にあったりする場合がある。

けれども、と彼は思った。おれは狙ったところに餌を仕掛けている。ただ、もはや運がないだけだ。でも、先のことはわかるものか。今日かもしれない。日々新たなり、っていうじゃないか。そりゃ運がいいに決まってる。だけど、手抜かりなくやりたいんだ。そうしていれば、運が向いてきたときに、すっかり準備が整っているって寸法だ。

今や二時間たって、太陽は大分高くなり、東の方を見てもあまり目が痛くなかった。今は三隻の舟が見えるだけで、水平線より手前の遠くの海岸近くに見えた。

生まれてこの方、明け方の太陽のせいで、目を傷めてきたんだ、と彼は思っていた。だが目は相変わらずいい。夕方になると目がくらまずに真っ直ぐ太陽を見ていられる。それに夕方の方がもっと日差しが強いが、目が痛むのは朝の方だ。

ちょうどそのとき、長い真っ黒な翼をした一羽の軍艦鳥(*42)が、前方の空で旋回しているのを見た。鳥は急降下して、翼を斜め後ろに傾けて高度を落としたかと思うと、再び旋回し始めた。

「やつは何かを見つけたんだ」老人は口に出して言った。「ただ眺めているだけじゃないんだ」

彼はゆっくりと休むことなく、鳥が旋回しているところに向かって漕いでいった。彼は急がずに釣綱を真っ直ぐに垂らしたままにしておいた。だが、潮流に少し近づいたので、鳥を目印にしない場合にやっているより速度が上がったが、相変わらず定石通りに釣綱を真っ直ぐに垂らしていた。

　鳥はさらに空中高く飛び、今度は翼を動かさずに旋回した。やがて、瞬く間に急降下した。老人はトビウオが水面から勢いよく飛び出して、海面上を死に物狂いで飛んでいくのを見た。

「シイラだ」と老人は口に出して言った。「それもでかいやつだ」

　彼はオールをオール受けから外して舟の中に入れると、舳先の下から短い釣綱を取り出した。それにはワイヤー製の鉤素(＊43)と中ぐらいの大きさの釣針がついていて、そこに餌にするイワシをつけた。彼はそれを舟べりから垂らし、船尾の輪つきボルトにしっかり結びつけた。それからもう一つの釣綱に餌をつけ、その綱を舳先の蔭になったところにぐるぐる巻きにして置いておいた。彼は再び舟を漕ぎ始め、今では水面近くで獲物を漁っている長い翼の黒い軍艦鳥を見やった。

　彼が見ていると、鳥は急降下しようとして翼を傾けながら高度を落とし、トビウオを追いかけて激しく翼をばたつかせたが、何の効果もなかった。老人には、大きなシイラが逃げていくトビウオを追ったときにまき起こした、微かなうねりが見えた。飛翔するトビウオの真下を、シイラが水を切って進んでいるからだ。もの凄い速さで泳いでいるので、トビウオが着水するのを水中で待ち構えることになるだろう。ずいぶん大きなシイラの群れすぎる。

だ、彼は思った。広い範囲にわたって泳いでいる。トビウオが逃げおおせる見込みはないだろう。鳥だってトビウオを捕まえるのは無理だ。捕まえるには大きすぎるし、速く飛びすぎる。

彼はトビウオが何度も勢いよく飛び出すたびに、それを捕まえようとして無駄骨に終わる鳥の動きを見守っていた。シイラの群れは遠ざかってしまった、彼は思った。もの凄い速さで、それもかなり遠くへ移動している。だけど、もしかしたら、はぐれたやつが釣れるだろう。おれが狙っている大きなやつが、やつらの周りにいるかもしれない。おれの狙っている大物が、どこかにいるはずだ。

陸地を覆っている雲が、今や山のようにわきあがり、海岸線は一本の緑の線にしかすぎず、その背後に灰色がかった青い小高い丘が連なっていた。海面は今では暗青色で、あまりに黒ずんでいるので、深紅色に近かった。水中を覗き込むと、暗い海中を漂う赤いプランクトンと、今や太陽が織りなす不思議な光が見えた。彼は釣綱を見て、水中深く真っ直ぐに沈んでいき見えなくなっているのを確かめた。実に多くのプランクトンがいるのがわかって嬉しかった。魚がいる証だからだ。太陽が水中に織りなす不思議な光は、太陽がさらに高く昇った今では、よい天気になる兆しで、陸地にかかる雲の形からもそれがわかった。しかし、今や鳥はほとんど姿を消してしまっていたし、海面には何も見えなかった。

見えるといえば、あちらこちらに点々と散らばっている、日にさらされて黄ばんでしまったメキシコ湾流特有の海藻のホンダワラと、紫色だが虹色にも見えるゼラチン状の浮袋がある電気クラゲ[*44]が小舟の近くで浮遊しているだけだった。横向きになるかと思えば、ひとりでに体勢を立て直す。泡のように楽しそうに漂っているが、触れると刺胞毒のせいで激痛をもたらす長い紫色の細糸を、水中で一ヤードほど引きずっている。

「アグア・マラ[*45]」老人は言った。「この売女」

オールを軽く押さえ舟を止めたところで、水中を覗き込み、巻きひげ状の細い糸を何本も引きずった電気クラゲと同じ紫色をしたちっぽけな魚たちが、その細糸の間や、電気クラゲが漂いながら作り出すわずかばかり蔭になったところで泳ぐのを見た。こいつらはクラゲの毒は平気だ。だが、人間はそうじゃない。老人が魚を釣り上げているときに、細糸が何本か釣綱にひっかかり、紫色になって粘ついてくっつくと、腕や手には、ウルシやアメリカツタウルシでかぶれるのと同じみみず腫れや炎症ができるだろう。だが、アグア・マラの毒は素早く回り、鞭でいたぶるように突然襲いかかってくる。

虹色の泡は美しい。だが、海では見せかけだけのもっと

も不実なやつだ。老人は大きな海亀が電気クラゲを喰うのを見るのが大好きだった。亀はそいつらを見ると、正面から近づいていって、両眼を閉じる。すると完璧に甲羅で覆われてしまい、クラゲを細糸ごと何もかもみな平らげてしまう。老人は亀がそいつらを喰うのを見るのが大好きだった。そして彼は、嵐の後、浜辺に打ち上げられたクラゲの上を歩いて、堅くなった足裏でクラゲを踏みつけるときのポンと破裂する音を聞くのが大好きだった。

彼はアオウミガメ(＊46)と、気品があって素早く泳ぎ、しかも大変な値がつくタイマイ(＊47)を愛していた。そして巨大で間抜けなアカウミガメ(＊48)には親しみのこもった軽蔑の念を抱いていた。やつらは黄色い甲羅をしていて、おかしな交尾をし、目を閉じて幸せそうに電気クラゲを食べる。

何年も海亀取りの舟に乗っていたが、亀に神秘的な感情を抱いているわけではなかった。彼はあらゆる亀を気の毒に思っていた。小舟と同じくらいの長さで、重さが一トンもある巨大なオサガメ(＊49)に対しても同じだった。たいていの人は亀を思いやる気持がない。というのも、亀の心臓は、切り分けられて屠(ほふ)られた後でも、何時間も動いているからだ。でも、と老人は思う。おれにだってそんな心臓がついている。おれの手足だってやつらと同じだ。彼は体力をつけるのに海亀の白い卵を食べた。五月は来る日も来る日も食べた。九月と十月に本当に大きな魚を釣り上げる体力をつけるためだ。

彼はまた、毎日コップ一杯の鮫の肝油を、大きなドラム缶から注いで飲んでいた。ドラム缶は、多くの漁師が漁具一式を置いておく掘っ立て小屋に置いてあった。だれであれ、そいつを飲みたい漁師のために置いてあったのだ。たいていの漁師は、その味が嫌いだった。しかし、起床する時間に起きる辛さに比べたら、それほどでもなかった。第一、あらゆる風邪やインフルエンザにとても効き目があるし、目には効果てき面だ。

今度は老人は空を見上げ、鳥が再び旋回するのを見た。

「魚を見つけたんだ」彼は口に出して言った。水面から飛び跳

ねるトビウオは一匹もいなかったし、餌になる魚があちこち泳ぎ回っているわけでもなかった。しかし老人が見ていると、小さなマグロが空中に飛び跳ね、向きを変えると頭から水中に飛び込んだ。マグロは日の光を浴びて銀色に輝いていた。一匹が水中に飛び込むと、他のマグロが次から次へと飛び跳ねた。四方八方へ飛び跳ねては、海水を激しく跳ね上げ、餌となる魚を追い求めて大きく跳ねて飛ぶように移動した。狙った魚を取り囲んでは、追い立てているのだ。

あんなに速く泳ぐのでなければ、やつらのなかに割り込んでやるのだが、と老人は思った。そしてマグロの群れが白波を立て、今度は鳥が急降下して、慌てふためいて海面に飛び出るしかない小魚に突っ込んでいくのを見ていた。

「鳥はとても役に立つ」老人が言った。ちょうどそのとき、輪っかにして船尾にしつらえて足で踏みつけていた釣綱が、ぴんと張った。彼はオールを放し、釣綱をしっかり握ってたぐり寄せ、ばたついて引っ張る小さなマグロの重さを推し量った。魚をたぐり寄せるにつれて、ばたつきが激しくなり、魚を舟べり越しに釣り上げて舟に引っ張り込む前に、水の中にいる魚の青い背中と黄金色をした脇腹が見えた。魚は日を浴びて、引き締まった弾丸のような体をして、大きな虚ろな目で睨みつけるようにして船尾に横たわっていたが、素早く動くこぎれいな尻尾を打ち震えるように激しく動かしては、自分の命が尽きるまで体を床の厚板に叩きつけていた。老人は気の毒に思い、魚の頭を打ち据え、なおも打ち震えている魚を船尾の日陰になったところへ蹴り込んだ。

「ビンナガだ」彼は口に出して言った。「こいつはりっぱな餌になる。十ポンド(*50)はある」

老人は一人でいるとき、いつから声を出してしゃべるようになったのか覚えていなかった。昔は一人のときは歌を歌ったものだ。スマック船(*51)や海亀取りの船に乗って、当番で一人で船を操っている夜など、ときどき歌ったことがあった。多分、少年が乗らなくなって一人になったときに、声を出してしゃべり始めたのだろう。だが、彼は思い出せなかった。少年と一緒に漁をしているときは、たいてい必要なときだけしゃべった。夜や悪天候で立ち往生したときなどは話し合った。海の上では、必要なとき以外、話をしないのが美徳であると思われていた。そして老人はつねにそう思い、そういう考えを尊重してきた。だが

今では、声を出しても誰も迷惑がらないので、何度も自分の思いを声を出して言うのだった。
「おれが大声で話すのを他の連中が聞いていたら、気が狂ったと思うだろう」彼は口に出して言った。
「だが、べつに気が狂っているわけじゃないので、おれは平気だ。それに金持ちだって舟にラジオを持ちこんで、ぺちゃくちゃやって、野球の放送だって聞いているじゃないか」

　今は野球のことなんか考えている場合じゃない、彼は思った。たった一つのことだけを考えるときだ。そのために、生まれてきたんだから。あのビンナガの群れの周りには大きなやつがいるかもしれない、彼は思った。おれが釣り揚げたのは、餌を食べていたビンナガの群れからはぐれたやつにすぎなかったんだ。だがやつらは遥か沖の方で、それも敏捷(びんしょう)に泳いでいる。今日海面に姿を現した連中は、どれも物凄い速度で北い天候上の前触れなのか。

東に向かって移動している。この時刻だからそうなのだろうか。それとも、おれが知らない天候上の前触れなのか。

今や緑の陸地は見えなかった。見えたのは、まるで雪をいただいたように白く見える青い小高い山々の頂と、その山々の上に高くそびえる雪山のような雲だけだった。海はとても暗く、光が当たって海中に虹色の光を浮かび上がらせた。プランクトンの無数の小さなつぶつぶも、今や天空から照りつける太陽のせいで見えなくなった。青い水の中に映っている大きな濃い虹色の光だけを、今や数本の釣綱を水中一マイルの深さに真っ直ぐに垂らして眺めていた。

マグロは、漁師たちがその種のあらゆる魚をマグロと呼んで、それらを売ったり、餌と交換するときだけ、仲間内で固有名詞を用いて区別していただけだが、そのマグロの群れが再び海底深く潜ってしまった。太陽は今やじりじり照りつけ、老人はうなじで感じとり、舟を漕ぐのにつれて汗が背中を流れ落ちるのを感じていた。

もしかすると漕がずに漂っていられるだろう、老人は思った。そうすれば眠れる。目が覚めるように、釣綱で輪っかを作って親指に結びつけておけばいいんだ。だが今日は八十五日目だ。今日こそ獲物を仕留めなくてはだめだ。

ちょうどそのとき、釣綱をじっと見つめていると、海面に突き出ている切ったばかりの浮き代わりの小枝のひとつが、不意に傾くのが見えた。

「いいぞ、いいぞ」彼が言った。そしてオールをオール受けから外すと、舟にぶっつけないように舟の中に入れた。彼は釣綱を掴もうと手を伸ばし、右手の親指と人差し指でそっと握った。引きも重さも感じなかったので、釣綱を軽く握っていた。すると再び引きが来た。今度はためらいがちな引きで、勢いがあるわけでも重みがあるわけでもなかった。彼はそれが何なのかよくわかった。一〇〇尋下で、一匹のマーリンが、小さなマグロの頭から突き出た手製の釣針の針先と軸にかぶせてあるいくつものイワシに喰らいついているんだ。

老人は釣綱を左手でそっと軽く持って、浮き代わりの小枝を綱からはずした。これで、引っ張られているのを魚にまったく感じさせずに、指の間から釣綱を繰りだせるだろう。

こんなに遠い沖に出たのだから、九月になった今月なら、さぞでかくなっているに違いない、彼は思った。魚よ、餌を喰うんだ。たくさん食べるんだ。どうか喰ってくれ。餌はとても生きのいいものばかりだぞ。それにおまえは真っ暗闇の六〇〇フィート(＊52)も下の冷たい水のなかにいるんだ。真っ暗ななかでもう一度向きを変えて、戻って餌を喰ってくれ。

彼は弱いかすかな引きを感じたかと思うと、やがて強い引きを感じた。イワシの頭を釣針から喰いちぎるのが大変だったに違いない。それからすぐ手応えがなくなった。

「さあ、お願いだ」老人は口に出して言った。「もう一度引き返しておいで。ちょっと匂いを嗅ぐだけでいいんだ。うまそうじゃないかい。さあ、たっぷり喰ってくれ。その次はマグロがあるぞ。身が締まって、冷えていて、うまいぞ。魚よ、遠慮するな。さあ、喰ってくれ」

彼は釣綱を親指と人差し指で挟んで待ち構えていたが、その釣綱だけでなく、魚があちこちの釣針に仕掛けた餌を求めて泳ぎ回るかも知れないので、他の釣綱もじっと見つめていた。やがて、つい先ほど感じたのと同じかすかに引っぱる感触があった。

「あいつが喰いつくぞ」老人は口に出して言った。「頼むから喰らいついてくれ」

だが、魚は喰いつかなかった。魚はその場から離れてしまい、魚の気配がまったく消えてしまった。

「あいつが離れるはずがない」彼が言った。「確かに、離れてしまうはずなんてないんだ。向きを変えてこっちへ向かっているんだ。ひょっとすると前に釣針に引っ掛かったことがあって、それをいくらか思い出しているんだ」

間もなくして、釣綱に何かがそっと触ったような感じがして、彼は嬉しかった。

「向きを変えるだけだったんだ」彼は言った。「今度は喰いつくぞ」

彼はかすかな引きを感じて嬉しかった。そのあとで、今度はがっしりした信じられない

ほどの重さを感じた。それは魚の重みだった。釣綱を下へ下へと繰り出していって、二本の予備の巻綱のうちの一本をほどいた。綱が指の間からするりと抜け落ちて海中に沈んでいく間、親指と人差し指にかかる圧力をほとんど感じなかったが、今でもさっきの大変な重みの感触が残っていた。

「なんていうやつだ」彼は言った。「あいつは餌を口に入れて斜めに咥え、そのまま立ち去るつもりなんだ」

やがて向きを変えて、餌

を飲み込むつもりなんだろう、彼は思った。彼はそれを口に出して言わなかった。いいことを口に出してしまうと、そうならないことがあるのを知っていたからだ。どんなにどでかい魚かわかっていた。そしてその魚が、マグロを斜めに咥え、暗い海のなかで遠ざかっていくのを思い浮かべた。そのとき、魚が動きを止めたのがわかったが、まだ重さは手に残っていた。すると今度は重みが増して、彼はさらに釣綱を繰り出した。しばらくの間、綱を握る親指と人差し指に圧力を加えると、綱はさらに重みを増し、真っ直ぐに伸びていった。

「ついに喰いついたぞ」彼は言った。「たっぷり喰わせてやるからな」

彼は釣綱が指の間からするりと抜け落ちるままにして、その間に左手を伸ばすと、二本の予備の巻綱の輪っかにしっかりと結びつけた。これで準備ができた。これで今使っ

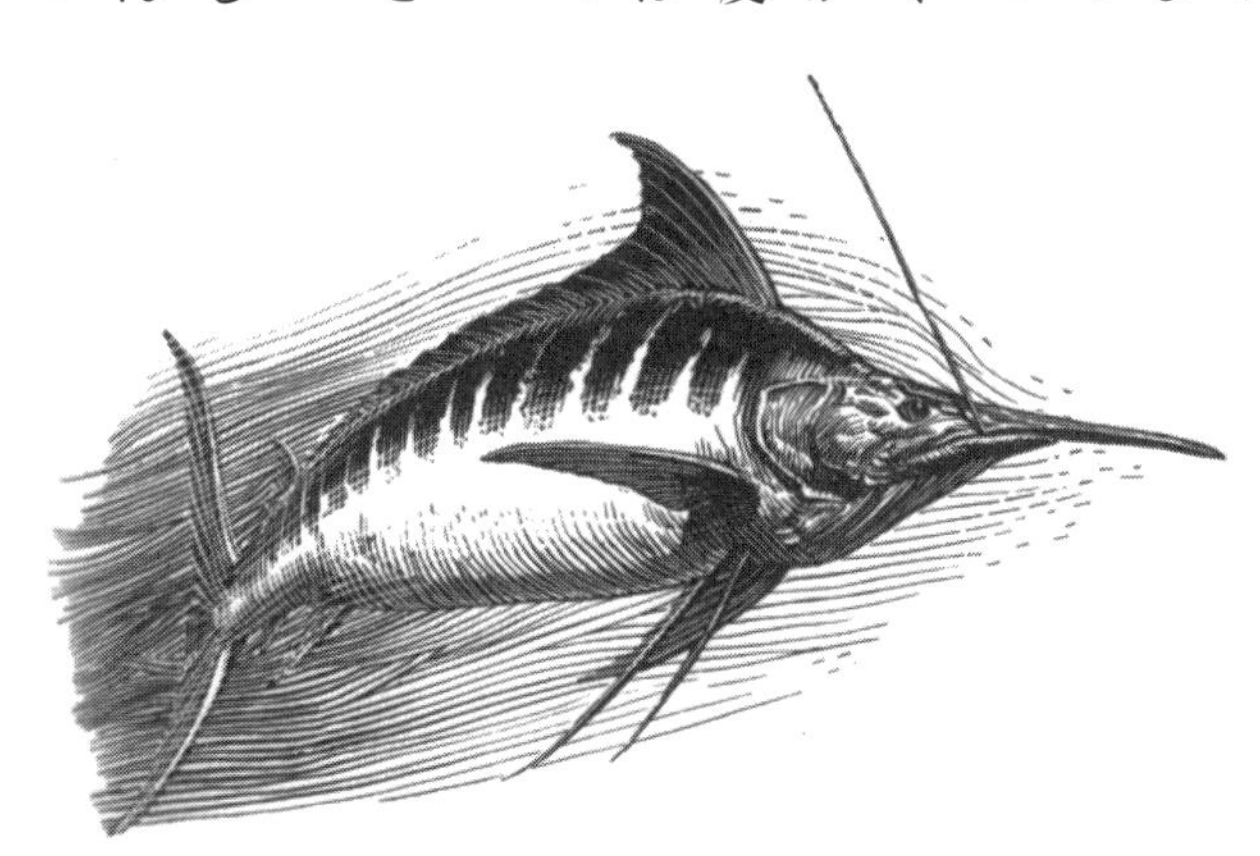

ている巻綱に加え、予備に三本の四十尋の巻綱が揃ったわけだ。

「もうちょっと喰うんだ」彼が言った。「たっぷり喰うんだ」

釣針の先端が心臓に突き刺さり、おまえがお陀仏になるように喰うがいい、彼は思った。心配しないで浮かび上がってこい。そしておれに銛を打ち込ませるんだ。わかったな。覚悟はできたか。たっぷり時間をかけて飯を喰ったんだろう。

「よし！」と彼は口に出して言うと、両手で強く釣綱を引っ張った。一ヤード(＊53)ほど引くと、今度はありったけの腕力で、体の重心を移動させながら、左右の腕を代わる代わる繰り出して綱を何度も巻き上げた。

何も起こらなかった。魚がゆっくりと遠ざかっただけで、老人はあいつを一インチ(＊54)も引き上げることができなかった。釣綱は頑丈にできていて、大きな魚を釣り揚げるために作られていたので、水滴が綱から飛び散るほどピーンと張るまで、背中に釣綱をまわして押さえていた。やがて釣綱は水の中でシューシューッというゆるやかな音を立て始めたが、老人はなおも綱を握って小舟の腰掛梁に手をついて体を支え、魚に引っ張られないように体を反らした。小舟はゆっくりと北西の方向に向かって動き出した。

魚は休むことなく泳ぎ続け、老人と魚は穏やかな海をゆっくり進んでいた。他の餌は相変わらず水の中にあったが、どうしようもなかった。

「あの子がいればいいんだが」老人は口に出して言った。「おれは魚に引っ張られていて、引き船で引っ張られる舟をロープで繋ぎとめておく係柱(＊55)のようなものだ。釣綱ならしっかり係柱に結びつけておけるだろう。だが、そうはいっても、あいつが綱を切る場合もあるだろう。できるだけ引き留めておいて、必要になれば綱を繰り出してやろう。ありがたいことに、あいつは移動しているが、潜ろうとしているわけじゃない」

あいつが潜ろうとしたら、どうしたらいいんだ。わからないぞ。深く潜り続けて死にでもしたら、どうしたらいいかわからない。だが、何かしなくては。やることはたくさんある。

釣綱を背中にまわして押さえると、水中の綱の傾きを見守った。小舟は相変わらず北西に向かって進んでいる。

このままだとあいつはくたばってしまう、老人は思った。こんなことをいつまでも続けられるはずがない。だが、魚は四時間経っても小舟を引っぱって、相変わらず沖に向かって泳いでいた。老人は綱を背中にまわしたまま、なおもしっかり踏ん張っていた。

「正午頃にあいつが引っ掛かったんだ」老人が言った。「それなのに、一度もあいつの姿を拝んでいない」

魚がかかる前から麦わら帽子を目深にかぶっていたので、帽子がすっかり額に食い込んでいた。喉も乾いていたので、膝をついて、釣綱を引っ張らないように注意して、進めるだけ舳先の方へ移動すると、片手を伸ばして水が入った瓶をとった。瓶を開けると、ほんの少しだけ飲んだ。それから舳先にもたれて休んだ。彼は檣根座(しょうこんざ)からはずした(*56)帆を巻きつけたマストの上に座って体を休め、何も考えず、ただただひたすら堪えることにした。

　それから後ろを振り向くと、陸地が見えないのに気づいた。そんなことはどうでもいい、彼は思った。いつだってハバナの明かりを頼りに港に帰れる。もう二時間もすれば日が沈む。もしかすると、その前に上がってくるかもしれない。来ないなら、月の出とともに上がってくるかもしれない。それでもだめなら、日の出とともに上がってくるだろう。おれの方は筋肉が引きつっているわけじゃないし、体力だってある。あいつの方こそ口に釣針を咥えているんだ。だけど、あんな風に綱を引っぱるなんて、なんて凄い魚だ。ワイヤー製の鉤素まで、がぶりとやったに違いない。

あいつにお目にかかりたいものだ。一度でいいから、お目にかかって、おれがどんなやつと闘っているのかわかればありがたい。

魚は、星を観察して判断する限りでは、夜通し進路も方角も決して変えなかった。日が沈むと寒くなった。老人がかいた汗が乾いて、背中や腕や老いた脚が冷たくなった。日中は、餌を入れる箱にかぶせて使っていた袋を取り出すと、広げて日に当てて乾かしておいた。日が沈むと、その袋が背中にかかるように首に結びつけ、今度は袋を引っ張って、今では肩で担いでいる釣綱の下にその袋を慎重にくぐらせた。袋のおかげで綱の痛みが和らぎ、彼は舳先にもたれかかって前かがみになる方法を見つけたので、苦痛を感じないといってもいいほどだった。その姿勢は、実際は堪え難い痛みがいくらか弱まった程度にすぎなかったが、その姿勢でいると、ほとんど痛みを感じないと思うことにした。

あいつはおれの手に負えないし、あいつだっておれに手を出せないんだ、彼は思った。こんな風に進み続ける限り、いつまで経っても同じだ。

一度、彼は立ち上がって舟べりから小便をすると、星を眺めてどこへ向かっているのか確認した。釣綱が彼の肩から真っ直ぐに伸びていて、水中で青光りする細長い一本の線のように見えた。今では前よりゆっくり進んでいた。ハバナの明かりの輝きがそれほどはっきり見えないので、潮の流れがおれたちを東の方へ運んでいるのは間違いない。ハバナのまばゆい明かりが見えなくなったら、もっと東に進んでいるに違いない、彼は思った。あいつが今までと同じ進路を取り続けているなら、ハバナの明かりがこれから何時間も見えるはずだ。今日のメジャーリーグの試合はどうなったんだろう、彼は思った。ラジオで聞ければ最高なんだが。それから思い直した。いつだって今やっていることを考えろ。自分が何をしているか考えるんだ。くだらんことは考えるな。

やがて彼は口に出して言った。「あの子がいればいいんだが。手伝ってくれるし、おれがやってることを見せられる」

歳をとったら一人じゃだめだ、彼は思った。でも、やむを得ないんだ。腐らないうちに忘れないでマグロを食べて、体力の保持に努めることだ。どんなに食べたくなくても、朝になったら忘れずに食べるんだ。覚えておけよ、心のなかでつぶやいた。

夜中にイルカが二頭小舟の周りにやってきて、体をひねったり潮を吹いたりする音が聞こえた。彼にはオスが出す潮を吹く音と、メスのため息をつくような吐息の区別がつかなかった。

「あの連中はいい」彼は言った。「互いに戯れたり冗談を言っては愛し合う。トビウオと同じで、おれたちの兄弟だ」

やがて、引っ掛かった巨大な魚が気の毒になった。あいつは最高だが、お目にかかったことのないやつで、何歳だかわかるやつなんて誰もいない、彼は思った。こんなに逞しい魚を相手にしたこともないし、こんなに訳のわからないことをやる魚も初めてだ。頭が良すぎて飛び跳ねないでいるんだ。飛び跳ねるか、猛然と襲いかかってくれば、おれをめちゃくちゃにできるのに。でも、おそらく何度も針に引っ掛かったことがあるに違いない。だから、こんな風に闘えばいいとわかっているんだ。あいつが闘っている相手はたった一人で、それも年寄りだなんてわかるはずがない。だけど、何てでっかい魚なんだろう。身がしっかりしていれば、市場でいくらの値がつくんだろう。あいつは男らしく餌に喰いついた。そして男らしく釣綱を引っ張っている。あいつの闘いぶりには狼狽しているところが微塵もない。何か目標があるのだろうか、それともおれと同じように必死になっているだけなのか。

彼はつがいのマーリンの一方を釣り上げたときのことを思い出した。オスがいつだって連れ合いに最初に食べさせ、針に引っ掛かった方のメスは取り乱し、恐怖に打ちひしがれ、絶望的な闘いをして、すぐに疲れ果ててしまう。オスはその間ずっと連れ合いのそばを離れず、釣綱を横切ったり水面上を一緒に旋回したりした。オスがあまりにも近くにいるので、草刈り鎌のように切れ味が鋭く、それとほぼ同じ大きさと形をした尻尾で、釣綱を切ってしまうのではないかと思うほどだった。メスを鉤竿で引っ掛け、ざらざらした刃先のような鋭利なくちばし状の吻を掴んで、鏡の裏板の色のような色になるまで、頭のてっぺんをこん棒で叩いた。やがて少年に手伝ってもらい、舟に引き揚げたのだが、その間オスは小舟のそばに留まっていた。その後、老人が釣綱を片づけ、銛の準備をしている間に、オスの魚は小舟の傍らで空中高く飛び跳ね、連れ合いがどこにいるのか確かめると、胸びれの薄紫の大びれを大きく広げ、薄紫色をした幅広の縞模様を残らず見せて、水中深く沈んでいった。あいつの姿が美しかったのが、心に残っている。それと、ずっと連れ合いに付き添っていたことも。

　それこそがあの連中に関して見た、もっとも悲しい出来事だった、老人は思った。少年も悲しがった。そこで、おれたちはメスのマーリンに許しを乞うて、すぐ食用に捌(さば)いてしまった。

「ここにあの子がいてくれたら」彼は口に出して言うと、舳先の丸みを帯びた厚板に寄りかかって腰を下ろし、肩に担いで掴んでいる釣綱の引き具合を通して、選んだものが何であれ、それに向かってひたすら進んでいく巨大な魚の力強さを感じていた。

策略に引っかかった以上、あいつは自分で選んだ道に向かわざるを得なかったのだ、老人は思った。

あいつがそれまで選んでいたのは、あらゆる罠や落とし穴、策略といったものが遠く及ばない遥か彼方の真っ暗な深海にい続けることだった。おれが選んだのは、だれよりも先にそこへ行って、あいつを見つけることだった。世界中のだれよりも真っ先に。今おれたちは一緒になって、正午からずっとこんな風に過ごしている。そして、どちらかを助けてやろうという者も一人もいない。

もしかしたら、おれは漁師にならなかった方がよかったのかもしれない、老人は思った。だが、おれが生まれたのは漁師になるためだったのだ。明るくなったら、忘れずにマグロを食うことだ。

夜明け前のいつのときか、何かが背後にある餌の一つに喰いついた。浮き代わりにしている枝が折れる音がした。すると釣綱が小舟の舟べり越しにどんどん走り出ていった。暗闇のなかで、鞘付きナイフの鞘を外し、左肩で魚がありったけの力で引っ張るのを受け止めながら、彼は上体を後ろにそらし、走り出ていく釣綱を舟べりの板に押しつけて切断した。それから、自分の一番近くにあるもう一つの釣綱を切断し、真っ暗ななかでぐるぐる巻きにしておいた予備の釣綱の結んでいない方の端をしっかりつなぎ合わせた。彼は片手で巧みにつなぎ合わせ、ぐるぐる巻きにした釣綱の上に片足を置いて動かないようにし、結び目をきつく締めた。これで六本の予備の巻綱ができたわけだ。彼が切り離した餌がついていた二本の釣綱、それに餌を仕掛けておいて魚に喰われてしまった二本、それらがみんな一本につながった。

明るくなったら、と彼は考えた。四十尋の深さに餌を仕掛けた釣綱の作業に戻って、餌を切り離して予備の巻綱に繋げることにしよう。おれは二〇〇尋の長さのカタロニア綱(*57)と、釣針や鉤素も幾つか失ったことになるだろう。そいつは取り換えればすむ。だが、別の魚が喰いついて、すでに喰らいついている大きな魚の釣綱にからんで、そいつを切って逃がしてしまったら、いったいどこのどいつがこの大魚に取って代われるっていうんだ。たった今喰いついていたのが、どんな魚だったかわからない。マーリンか、メカジキ(*58)か、それとも鮫だった可能性もある。感触を確かめたわけじゃない。直ぐさま綱を切って追い払わなくてはならなかったんだ。

口に出して老人が言った。「あの子がいてくれたら」

いや、あの子はいないんだ、彼は思った。おまえがひとりいるだけだ。暗くても暗くなくても、そろそろ残った最後の釣綱の作業に戻って、そいつを切り離して二本の予備の巻綱に繋げるんだ。

そんなわけで、彼は一人でその作業をやり遂げた。暗くて大変だった。一度は魚が急に感情を高ぶらせて暴れたために、うつ伏せに引き倒され、目の下に切り傷を負った。血がほんの少し頬をつたって流れたが、顎に届かないうちに固まって乾いてしまった。そこで舳先に戻り、舟べりの厚板にもたれかかって休んだ。肩に担いでいる釣綱の下にくぐらせておいた袋の位置を調節すると、今度はその釣綱が別の位置にくるように注意深く動かした。そして、綱をしっかり肩に当てて掴んで、魚の引き具合を用心深く肌で感じ取ると、今度は手を水につけて小舟の進み具合を確かめた。

どうして小舟があんなに揺れるほど暴れたんだろう、彼は思った。ワイヤー製の鉤素が、背中の大きく盛り上ったところで滑って擦れたに違いない。確かに、あいつの背中はおれとは違い、そんなにひどい痛みじゃないはずだ。だけど、どんなに大きな魚だって、この小舟を永遠に引っ張り続けるなんて、できるはずがない。今では、面倒を引き起こす釣綱は一つ残らず切り捨ててしまった。予備の釣綱も十分あるし、入用なものはすべてそろっている。

「魚よ」彼が優しく口に出して言った。「命が尽きるまで、付き合ってやるぞ」

あいつも付き合うつもりだろうな、と老人は考え明るくなるのを待っていた。夜明け前のこの時間は寒かった。彼は体を舟べりの厚板に押しつけて暖を取った。あいつが付き合えるだけ、付き合ってやる、彼は思った。夜が白々と明けてくると、綱がピーンと伸びて水中に沈んでいるのが見えた。小舟は静かに進み続けている。太陽の縁がほんのちょっと現れると、陽光が老人の右肩に当たった。

「北に向かっているんだ」老人が言った。潮の流れに乗っていれば、もっと東の方へ連れて行かれていただろう、彼は思った。あいつが潮に乗って向きを変えてくれればいいのだが。そうなれば、あいつが疲れ切っている証拠になる。

太陽がさらに高く昇ると、魚が疲れ切っていないことがわかった。ただ一つ好ましい兆しがあった。釣綱の傾きから、あいつがそれほど深いところで泳いでいるわけでないのがわかった。だからといって、飛び跳ねる可能性がなくなったわけじゃない。それどころか、あいつならやるかもしれない。

「どうか飛び跳ねますように」老人は言った。「あいつを操るだけの釣綱は十分ある」

ほんのちょっとだけ綱を強く引いたら、あいつは痛がって、飛び跳ねちゃうかもしれない、彼は思った。夜が明けたのだから、あいつを飛び上がらせてやれば、背骨の辺りにある浮袋に空気を一杯吸い込んで、深く潜って息絶えることもなくなるだろう。

彼は強く引こうとしたが、魚を引っ掛けてから、綱はいつだって、いつ切れてもおかしくないほどぴんと張っていた。そこで、上体をうしろに反らせて引こうとしたが、とても難しい感じがして、これ以上綱に力を加えられないことがわかった。これ以上引っ張ってはだめだ、彼は思った。引っ張るたびに、釣針でできた切り口が広がってしまう。そうなると、飛び跳ねたら最後、針を吐き出すかもしれない。とにかく、太陽が昇って気が楽になった。これでもう太陽の方を見て目をやられる心配もなくなった。

釣綱に黄色い海藻が絡んでいたが、そのために魚が進むのにさらなる負荷をかけるのがわかっていたので、老人は喜んだ。それはメキシコ湾特有の黄色い海藻のホンダワラで、まさにこれが夜になるとたくさんの燐光を発するのだ。

「魚よ」と彼は言った。「おれはおまえが大好きで、心から尊敬してるんだ。だが、今日という日が終わるまでには、おまえの息の根を止めてやる」

そう願いたいものだ、彼は思った。

一羽の小さな鳥が北の方から小舟を目指してやってきた。アメリカムシクイ(*59)で、海面をかすめるように飛んでいた。老人には鳥がとても疲れているのがわかった。

鳥は小舟の船尾に止まって、休息を取った。それから老人の頭上を旋回すると、もっと居心地の良さそうな釣綱に止まって休んだ。

「おまえはいくつだい」老人は鳥に尋ねた。「旅は初めてかい」

話しかけると、鳥は老人の方を見た。鳥は疲労の極に達していて、釣綱が安全かどうか

The Old Man and the Sea

を確かめる気さえもなかった。きゃしゃな足で綱をしっかり掴んだはずみで、綱がゆらゆら揺れてよろめいた。

「そこは足場がしっかりしているよ」老人は小鳥に言った。「しっかりしすぎているくらいだ。風がない夜だったんだから、そんなに疲れていちゃだめじゃないか。そんなに疲れてしまうんじゃ、おまえたちは一体どうなっているんだ」

鷹のやつらが、と彼は思った。小鳥を探しに海に出張ってくるんだ。だが、小鳥には言わなかった。どうせおれの言いたいことなんかわからないだろうし、もうすぐ鷹の何たるかを知ることになるのだから。

「小鳥よ、たっぷり休むんだ」彼は言った。「休んだら、陸の方へ飛んでいって、人や鳥や魚のだれもがやるように、運に任せてやってみるんだ」

小鳥がいるせいで話す気になれたんだ。なぜって、夜中に背中がこわばって、今では本当に痛くてたまらないからだ。

「よかったら泊まっていけよ、小鳥よ」彼は言った。「申し訳ないけど、帆を揚げて、吹き始めたわずかな風を孕んで、おまえを陸の方へ連れてってやれないんだ。釣針が刺さっている相棒と一緒なものだから」

そのとき、魚が不意に物凄い力で引っ張って泳ぎ出し、老人は舳先の方へ引っ張り倒されてしまった。いざというときに備えて足を踏ん張って、釣綱を繰り出していなかったら、海中に放り出されていただろう。

ぐいっと釣綱が動くと、小鳥は飛び去ってしまった。老人はそれさえ見ていなかった。右手で注意深く綱に触ると、手が出血しているのに気づいた。

「あのときなにかの拍子でやったんだ」老人は口に出して言うと、魚の向きを変えられるか確かめようと、釣綱を後方に引っ張った。しかし、もう少しで綱が切れそうになると、綱をしっかり持って、強い勢いで引っ張られる綱に抗(あらが)って上体を後ろに反らした。

「魚よ、うすうす感じているんだな、疲れを」彼が言った。「おれも確かにそんな感じだ」

それから辺りを見回し、鳥を探した。話し相手に欲しかったのだ。鳥は飛び立ったあとだった。

長居するわけにいかなかったんだ、老人は思った。だが、岸に着くまで、おまえの行くところは、ここよりずっと辛く厳しいところだ。一度魚が不意にぐいっと引っ張っただけで、どうして手が切れてしまったんだろう。ぼーっとしてたに違いない。それとも、ひょっとすると小鳥を見ていて、小鳥のことばかり考えていたからなのか。今度は仕事に身を入れるんだ。そして、力が衰えないようにマグロを食べなくちゃだめだ。

「あの子がここにいればどんなにいいか。それに塩が少しあれば」彼は口に出して言っ

た。釣綱の重みを左肩に移して注意深く膝をつくと、海水で手を洗い、一分以上海水に浸けたままにして、色褪せていく血の流れた跡と、小舟が進むにつれて手に当たる変わることのない水の動きをじっと見つめていた。

「あいつの動きがだいぶゆっくりになってきた」彼が言った。

海水にもっと長く手を浸しておきたかったが、魚がもう一度急に物凄い力で引っ張るのではないかと気になっていた。彼は立ち上がって足を踏ん張ると、太陽に手をかざした。手が切れたのは、釣綱を繰りだす摩擦熱でできたやけどのような傷に他ならなかった。しかしそいつは、仕事をするのに使う手にできた切り傷だ。魚を仕留める前に、両手が必要になるのがわかっていた。だからその前に手に怪我などしたくなかったのだ。

「さて」彼は手が乾くと言った。「小さなマグロを食べなくてはだめだ。鉤竿を使えば取れるぞ。ここに座ってゆったりした気分で食べるんだ」

ひざまずいて鉤竿で探って船尾の下に置いておいたマグロを見つけると、束ねておいたいくつかの巻綱にぶつからないように手元に引き寄せた。再び左肩で綱の重みを受け止め、左手と腕で支えながら、鉤竿からマグロをはずし、鉤竿をもとの場所に戻した。片方の膝でマグロを押さえると、後頭部から尻尾まで縦に切断し、鮮やかな濃い紅色をした肉を切り身にした。切り身は楔形をしていたが、それを背骨にすれすれのところから腹の際までナイフを入れて作った。切り身を六切れ作ってしまうと、舳先の板の上に広げ、ズボンでナイフを拭いて、魚の残骸は尻尾を掴んで持ち上げると海中に投げ捨てた。

「切り身をまるまる一切れは食べられない」彼はそう言うと、ナイフで切り身を二つに切った。相変わらず釣綱が強く引っ張られるのを感じていたが、左手が引きつってしまった。重い釣綱を握っていてひどく引きつってしまったのだが、老人はうんざりして左手を眺めた。

「引きつってしまうなんて、いったいどんな手をしてるんだ」彼は言った。「そうしていたいなら、そうしているがいい。いっそのこと鉤爪になったらどうだ。役立つ見込みはないが」

さあ来い、彼は思った。そして暗い水の中を覗き込んで、綱の傾き具合をみた。マグロを食べるんだ。そうすれば手も元気になるだろう。手が悪いんじゃなくて、何時間も魚と付き合っているせいなんだ。だが、あいつとは永遠に付き合うんだ。さあ、マグロを食うんだ。

彼は一切れ摘み上げ、口に入れると、ゆっくり噛んだ。別に嫌な味はしない。よく噛んで、養分をみんな取り入れるんだ、彼は思った。ライムをちょっぴり、もしくはレモンか塩で食うのも悪くないだろう。

「手よ、どんな具合だい」死後硬直さながらに、こわばって痙攣している手に尋ねた。「おまえのためにもう少し食べてやるからな」

彼は二つに切った残りの切り身を食べた。そいつを用心して噛むと、今度は皮を吐き出した。

「手よ、マグロを食べたご利益があったかい。それとも、食べたばかりで、まだわからないのかい」

彼はもう一切れまるまる口に入れて噛んだ。

「こいつは逞しい生きのいい魚だ」彼は思った。「幸運なことに、シイラじゃなくてこいつが手に入ったんだ。シイラは甘すぎる。こっちは甘みはほとんどなく、あらゆる滋養分が消えずに残っている」

実際に役に立たなくちゃ意味がないじゃないか、彼は思った。塩が少しあればありがたいが。残った魚が太陽に当たって腐ってしまうのか、干物になるのかわからない。だから、腹が減ってなくても、全部食べてしまった方がいいだろう。魚は、取り乱さずに落ち着いている。残りを全部食べて、そのときに備えることにしよう。

「我慢するんだ、手よ」彼は言った。「おまえのことを思って、みんな食べてやるんだからな」

魚に何か食べさせてやればいいのだが、彼は思った。あいつは兄弟だ。でも、殺さなくてはならない。そのためには体力の保持に努めなくてはだめだ。ゆっくりと、そして用心深く、老人は楔形をしたマグロの切り身を残すことなく全部平らげた。

彼は体をしゃんとして立ち上がり、ズボンで手を拭いた。

「さあ、これで」彼は言った。「手よ、おまえはいつだって釣綱を繰り出せる。そうすれば、引きつりが治るまで、あいつを右腕だけで操れる」彼は左手で掴んでいた重たい釣綱を左足で押さえ、背中にかかる釣綱の圧力に抗って仰向けに寝そべった。

「どうか引きつりが治りますように」彼が言った。「魚がどんな手に出るか、先が読めないからな」

だけど、あいつは落ち着きはらって、計画通りにやっている、彼は思った。だけど、あいつの計画って何なんだ、彼は思った。それじゃあ、おれの計画とは何だ。あいつに合わせて急ごしらえするしかないんだ。何しろ、あいつはでっかいからな。飛び跳ねてくれれば、仕留められるんだが。だけど、ずっと海の底に潜ったままだ。それなら、おれもその気でいつまでも付き合ってやる。

彼は引きつっている手をズボンに擦りつけ、五本の指をほぐそうとした。だが、どうやっても手は開かなかった。たぶん太陽が出てくれば開くだろう、彼は思った。あの栄養豊富な生のマグロを消化したら、おそらく開くだろう。どうしても必要になれば、どんなに痛い思いをしても、開いてやる。だが今は、無理して開くつもりはない。ひとりでに開いて、自然に元に戻るようになればいいんだ。結局のところ、おれは夜間に手を酷使してしまったんだ。あのときは、絡みついたいろんな釣綱を、どうしてもほどく必要があったんだ。

彼は海の彼方を見渡し、自分が今どんなに独りぼっちかを知った。しかし、真っ暗な深海に虹色の光と、前方に伸びている釣綱、そして穏やかな海が奇妙にうねっているのが見えた。貿易風(ブリーザ)(*60)のせいで、今や雲がいくつも湧き上がっていた。前方に目を転じると、野ガモの群れが海の上の空を背景にして、その姿をくっきり映し出し、やがてぼんやりしたかと思うと、今度は再びはっきりその輪郭が見えた。海の上では孤独なやつはだれもいない、彼は思った。

小舟に乗って陸地が見えなくなると、怖がるやつがいるのはどうしてなのかと思っていたが、天気が急変してひどくなる季節だったら、それも当たり前だとわかった。しかし今はハリケーンの季節で、ハリケーンが来なければ、今こそが一年で一番釣りに適した天候だ。

ハリケーンが生まれると、海に出ていればの話だが、いつだって数日前に空に兆しが現れる。海岸にいてはわからない。どこに目をつければいいかわからないからだ、彼は考えた。陸（おか）にいたって、雲の形が違ってくるに違いない。だが今やって来るハリケーンは一つもない。

空を見ると、いろんな濃淡のアイスクリームを何層にも密に重ねたように、白い積雲(*61)が湧き上がっているのが見える。そして、はるか上空には、九月の高い空を背景に薄い羽毛のような巻雲(*62)が浮かんでいる。

「わずかに貿易風が吹いている」彼は言った。「魚よ、おまえより、おれにはおあつらえ向きのいい天気だ」

左手は相変わらず引きつっていたが、彼はゆっくり引きつりをほぐしていた。

手が引きつっちゃうなんて残念だ、彼は思った。肉体の裏切り行為じゃないか。食あたりで人前で下痢したり嘔吐するのは、物笑いの種だ。でも、引きつりは、彼はそれをスペイン語のカランブレ(*63)のように考えているのだが、とくに一人のときは、自尊心がずたずた

に傷つくものなのだ。

あの子がいたら、おれの手をこすって、前腕の引きつりをすっかりほぐしてくれるのに、彼は思った。だが、もうじきほぐれるだろう。

そのとき、右手で釣綱の引きが違ってきたのを感じ取っていた。水中の釣綱の傾斜角の変化に気づいたのは、その後だった。それから、釣綱にもたれて左手を激しく、つづけざまに大腿部に叩きつけ、引きつりをほぐしていると、綱がゆっくり上がってきて、傾斜角が水平に近づいてくるのに気づいた。

「上がってくるぞ」彼が言った。「手よ、頑張るんだ。どうか頑張ってくれ」

釣綱がゆっくりと少しずつ浮かび上がってくると、今度は海面が小舟の目の前で大きく膨れ上がり、魚が姿を現した。いつ終わるとも知れず、少しずつその姿を現して、水が体の両脇からざーっと流れ落ちる。陽光を浴びてキラキラ輝いている。頭と背中は濃い紫色で、両脇のしま模様は、太陽に照らされて幅広の薄紫色に見える。くちばし状の吻は野球のバットくらいの長さで、細身の剣のように次第に細くなっている。全身を十分に見せて、水中から飛び跳ねたと思ったら、ダイバーのように滑らかに、再び水中に潜っていった。巨大な草刈り鎌のような尻尾が沈んでいき、老人は釣綱が物凄い速さで走り出ていくのを見ていた。

「おれの小舟より二フィートも長いぞ」老人が言った。釣綱は物凄い勢いで、しかも絶えず走り出ていった。魚はパニックに陥っているわけではなかった。老人はもう少しで切れそうになる直前で、両手を使って釣綱をしっかり持ち続けようとした。間断なく圧力をかけ、魚を減速させなければ、魚は釣綱をすべて引っ張り出して、あげくの果てに引きちぎってしまうだろう。

あいつは物凄くでかい魚だが、もう逃げられないと納得させないとだめだ、彼は思った。あいつの力強さも、逃亡を図るなら何ができるのかも、絶対に悟らせてはだめだ。おれがあいつだったら、今こそ自分に備わっているあらゆるものを注ぎこんで、何かが、とりわけおれの身体が、粉々になるまで闘い続けてやるのだが。だけどありがたいことに、魚は自分たちを殺す人間ほど賢くはない。もっとも、あいつらの方がずっと気高くて立派なんだけど。

老人は巨大な魚をいくつも見てきた。一〇〇〇ポンド以上あるやつも数多く見た。そしてこれまで、その大きさの魚を二匹仕留めたことがあったが、一人じゃなかった。今はたった一人で、それも陸地の見えない遥か沖合で、これまで見たなかで最大の魚、そして噂に聞いていたより大きな魚に、しっかりしがみついている。左手は、相変わらず鷲の鈎爪のように固くこわばったままだ。

でも引きつりは治るだろう、彼は思った。必ずよくなって、おれの右手を助けてくれるだろう。三つが、つまり魚とおれの両手が一緒になって三兄弟だ。引きつりが治らなくちゃだめだ。引きつっていては手の値打ちがない。魚は再び速度を落とし、いつもの速さで泳いでいる。

あいつはどうして飛び跳ねたんだ、老人は思った。自分がどんなに大きいか、おれに見せつけるように飛び跳ねた。とにかくこれでわかったぞ、彼は思った。おれがどんな男か、やつに見せてやりたいものだ。だが、そうなると、おれの引きつった手を見てしまう。おれが見たとおりの実際のおれより強いことを、あいつに思わせなくちゃならないし、必ずそうなって見せる。おれが魚なら、彼は考えた。あいつの持っているあらゆるものを駆使して、おれの意志と知力に抗ってやるのに。

彼はゆったり舳先の厚板に寄りかかって腰を下ろし、痛みがやってくると耐え忍んでいた。魚は休むことなく泳ぎ続け、小舟は真っ暗な水面をゆっくり進んでいった。東の方から風が吹いてきて、少し波立っていた。そして正午に、老人の左手の引きつりが治った。

「おまえには悪い知らせだぞ、魚よ」彼はそういうと、両肩にかぶせていた小麦粉用の袋の上にあてがっていた釣綱の位置を変えた。

楽になったが、痛みはあった。だからといって、その痛みを決して認めようとはしなかった。

「おれは信心深いわけじゃないが」彼は言った。「だけど、この魚を捕まえられるなら、『主の祈り』[*64]と『アヴェ・マリアの祈り』[*65]を十回ずつ唱えて、捕えた暁にはコブレの聖処女を参拝すると約束してもいい。約束は絶対守るから」

彼はいつもやるように祈りを捧げ始めた。疲れているせいか、ときどきお祈りの文句を思い出せなかった。そこで意識しなくても文句が出てくるように、早口で唱えたりした。「アヴェ・マリアの祈り」の方が「主の祈り」より簡単だ、彼は思った。

「アヴェ、マリア、恵みに満ちた方、／主はあなたとともにおられます。／あなたは女のうちで祝福され、／ご胎内の御子イエスも祝福されています。／神の母聖マリア、／わたしたち罪びとのために、／今も、死を迎える時も、／お祈りください。／アーメン[*66]」それから続けて言った。「聖母マリア、この魚の死を願ってお祈りください。素晴らしいやつですが」

お祈りを終え、ずっと楽になったが、痛みが相変わらず前と同じか、おそらくはもう少しひどくなっていたので、舳先の厚板に寄りかかって、無意識のうちに左手の指を動かし始めた。

風が穏やかに吹いていたが、今は日差しが強い。

「短い釣綱にもう一度餌をつけて、船尾から垂らしておいた方がよさそうだ」彼は言った。「あいつがもう一晩、このまま居座るつもりなら、もう一度食わなくてはならなくなる。それに瓶の水も大分少なくなっている。ここじゃシイラしか獲れないだろう。だけど、獲れたてなら、そんなにまずくはない。今晩、トビウオが舟に飛び込んでくるといいのだが。でも、やつをおびき寄せる明かりがない。トビウオを生で食べるのは最高だ。それに切り身にしなくて済む。今はできるだけ体力を温存することだ。畜生！　あいつがあんなに大きいなんて、知らなかった」

「だけど、おれはあいつを殺してやる」彼は言った。「気高く、栄光に包まれたあいつを」

殺すのはよくないが、彼は考えた。だが、人間には何ができて、どんなに堪えられるのか、あいつに教えてやるんだ。

「おれは一風変わった年寄りなんだ、ってあの子に言ったんだ」彼は言った。

「今こそそれを証明するときだ」

これまで何度も証明してきたが、そんなことは関係なかった。今こそもう一度証明するときだ。その都度その都度が新たな機会で、そうしようと決めたからには、決して昔を振り返らなかった。

あいつが眠ってくれれば。そうしたらおれも眠って、ライオンの夢が見られる、彼は思った。どうしてライオンが大事なものとして記憶に残っているのだろうか。考えちゃだめじゃないか、爺さん、彼は言い聞かせた。さあ、舟べりの厚板に寄りかかって静かに休むんだ。そして何も考えるな。あいつは少しずつ進んでいる。なるだけ何もしないことだ。

やがて午後になるところだった。小舟は相変わらずゆっくり少しずつ進んでいた。だが、東の風を受けて、舟の速度がわずかに鈍った。老人はわずかに波立つ海面を静かに進んでいった。背中にまわしていた釣綱の痛みが、苦にするほどでなく楽に感じられた。

午後に一度、綱が再び上がり始めた。だが、魚はほんのちょっとだけ高い水域を泳ぎ続けただけだった。太陽が老人の左の腕と肩、それに背中に当たっていた。それで魚が北のやや東寄りの方向へ向きを変えたのがわかった。

一度姿を見ていたので、紫色の胸びれを翼のように広げ、大きな尻尾をぴんと立てて、真っ暗な海を切り裂いて泳ぐ姿を思い描くことができた。あんなに深いところでどのくら

い見えるのだろうか、老人は思った。あいつの目は、とてもなくでかい。ずっと小さな目をした馬さえ、暗がりでも視力が利く。おれだって、昔は暗がりでもとてもよく見えた。真っ暗闇じゃなくて、猫に見えるくらいの暗がりだ。

日を浴びて温かかったのと絶え間なく指を動かしていたおかげで、今や左手の引きつりがすっかり治った。それで綱から受ける圧力を、今まで以上に左手に移動させ、釣綱から受ける痛みを少しだけ和らげようと、肩をすぼめて背中の筋肉をほぐした。

「おまえが疲れていないなら、魚よ」彼は口に出して言った。「おまえは、とても変わっているやつに違いない」

彼は今、大変な疲労を覚え、もうすぐ夜がやってくるのがわかっていた。そこで他のことを考えようとした。彼は大リーグ（ビッグ・リーグ）——彼にとってはスペイン語の大リーグ（グラン・リーガス）だが——について考えた。ニューヨーク・ヤンキースがデトロイト・ティグレス(*67)と試合をしているのがわかっていた。

試合（フエゴス）の結果がわからなくなって今日で二日目だ、彼は思った。だが、自信を持たなくちゃな。大ディマジオのような人間にならなくちゃいけないんだ。やつは踵にできた骨棘（こっきょく）の(*68)痛みがあっても、あらゆることを完璧にやりとげる。骨棘って何なんだ、彼は自問した。ウン・エスプエラ・デ・ウエソ(*69)のことだ。そんなもの、おれたちにはできていないぞ。人の踵にできたら、軍鶏（しゃも）のけづめにつける鉄けづめのように痛いのだろうか。軍鶏がやってるように、その痛みや片目や両目を抉（えぐ）られる痛みにも堪え、闘い続けるなんて、おれにはとてもできない。人間なんて、大きな鳥や獣と比べたら、たいしたことはない。それでも、遥かに深い真っ暗な海の中にいる、あの大魚のようになってみたいものだ。

「鮫が来なけりゃいいが」彼は口に出して言った。「やつらが来たら、神よ、あいつとおれのことを哀れみ賜え」

大ディマジオは、おれが付き合っているのと同じくらい、魚と長く付き合うのだろうか、彼は思った。きっともっと長く付き合うだろうな。若くて力があるから。それにやつの親父は漁師だった。だけど、骨棘って、うんと痛むんだろうか。

「おれにはわからない」彼は口に出していった。「骨棘なんかできたことがないからな」

太陽が沈むと、もっと自信を呼び覚ますために、カサブランカ(*70)の居酒屋で過ごしたときのことを思い起こした。そのとき、波止場で最強の男だったシエンフエゴス(*71)出身の大きなニグロと腕相撲をしたことがあった。二人は一昼夜、テーブルの白線の上に肘を置き、前腕をぴんと立てたまま互いの手をしっかり握って闘い続けた。互いに相手の手を何とかテーブルに押しつけようとしていた。多くの金が賭けられ、大勢の人が石油ランプに照らされた部屋を出たり入ったりしていた。最初の八時間が過ぎると、レフリーが睡眠を取れるように四時間ごとに交代した。二人の手の指の爪の下から血が滲み出て、彼らは互いの目を見合い、それから手と前腕をじっと見つめた。賭けをした連中は、部屋に入ったり出たりして、壁際の脚の長い椅子に腰かけては勝負を見守っていた。壁は鮮やかな青に塗ってあって、板張りだった。ランプの明かりが壁に二人の影を落としていた。ニグロの影は巨大で、風がそよいでランプが揺れると、その影が壁の上で揺らめいた。

勝負の行き着くところは一晩中、行ったり来たりして定まらず、見物人のなかにはニグロにラム酒を飲ませたり、タバコに火をつけてやったりしている連中がいた。するとニグロは、ラム酒を飲んだあと、ものすごくやる気を出して、一度は老人を、当時は老人ではなくチャンピオン（エル カンペオン）(*72)だったが、その彼を三インチ近く押し込んだ。だが老人は、再び手を元の互角の状態にまで押し戻したのだった。彼はそのとき、立派な男で、なおかつ偉大なるスポーツマンのニグロを、打ち負かしたと確信したのだった。夜が明けて、賭けをした連中が勝負を引き分けにするように要求し、レフリーがダメだと首を横に振ると、彼は全力を振り絞って、ニグロの手がテーブルにつくまで、ぐいぐい押しつけた。勝負は日曜の朝に始まり、月曜の朝に決着がついた。賭けた連中の多くが、引き分けにするように頼んでいた。波止場で砂糖の大袋を積み込む仕事か、ハバナ石炭会社の仕事に出かけなくてはならなかったからだ。そうでなければ、だれもが決着がつくのを望んだであろう。ところが、とにもかくにも彼がけりをつけたのだった。それもだれもが仕事に出かけなくてはならなくなる前に、けりをつけてやったのだ。

その後長い間、だれもが彼のことをチャンピオンと呼んでいた。そして春にリターンマッチがおこなわれた。けれどもたいした賭け金が集まらなかった。彼はいとも簡単にその賭け金を手に入れてしまった。最初の試合で、シエンフエゴス出身のニグロの自信を打ち砕いてしまったからだ。その後、何度か試合をやったが、それ以後は止めてしまった。彼はとことんやっつけたかったら、だれだって負かせると思ったたし、漁をするのに右手を使うのはよくないという結論に達したからだ。彼は左手で何度か練習試合を試みたことがあった。しかし、左手はいつだって裏切り者で、頼んだことをしようとしなかった。それで彼は左手を信用しなくなった。

今度は日に照らされて手が十分温まるだろう、彼は思った。夜寒すぎなければ、二度と引きつらないだろう。一体、今夜はどうなるのだろうか。

飛行機が空高くマイアミに向かって飛んでいった。彼は機影のせいで、トビウオの群れが恐怖のあまり飛び跳ねるのを見ていた。

「こんなにトビウオがいるんだから、きっとシイラもいるはずだ」彼はこう言うと、自分で引っ掛けた魚をいくらか引っ張れるか確かめようと、釣綱に寄りかかって上体を後ろに反らした。だが、どうすることもできず、釣綱はぴんと張ったままで、切れる寸前の前触れのように水滴が飛び散った。舟はゆっくり進んでいった。彼は見えなくなるまで飛行機を見守った。

飛行機に乗ったら変な感じがするだろうな、老人は思った。あの高さだと、海はどんな風に見えるのだろうか。高く飛びすぎなければ、魚がよく見えるはずだ。二〇〇尋の高さをゆっくり飛んで、上空から魚を見たいものだ。海亀獲りの船に乗っていたとき、おれはマストの先端にある横木のところにいた。あの高さでさえ、実によく見えた。シイラはあそこからだと余計緑に見える。そして縞模様と紫の斑点が見え、群れ全体が泳いでいるのが見える。暗い潮流を物凄い速さで泳ぐ魚が、どれもこれもみな紫色の背中をして、いつも紫色の縞模様や斑点があるのはなぜだろう。シイラは、実際は金色なので、もちろん緑に見える。でも、本当に腹をすかして餌にありつこうとすると、マーリンと同じように紫色の縞模様が脇腹に見える。そんな色になるのは、怒っているからなのか、それとも物凄いスピードを出して泳ぐからなのか。

暗くなる直前に、膨れ上がって揺れ動く巨大な島のようになったホンダワラが浮かんでいるところを通った。大海原は黄色い毛布の下で、まるで誰かと情を交わしているかのように、穏やかに波打っていたが、そのとき短い釣綱にシイラがかかった。空中に飛び跳ねたとき、彼は初めてその姿を見た。沈みゆく太陽の光に照らされ、純金のような色をして、空中で激しく体をくねらせ、尻尾をばたつかせていた。シイラは恐怖におののいて曲芸を演じるかのように、何度も何度も飛び跳ねた。船尾の方に戻って、しゃがみこんで右の手と腕で太い釣綱を掴むと、左手でシイラをたぐり寄せ、そのたびに引き寄せた綱をはだしの左足で踏みつけて押さえた。魚は船尾の方にやってきて、必死に潜ったり左右に急に向

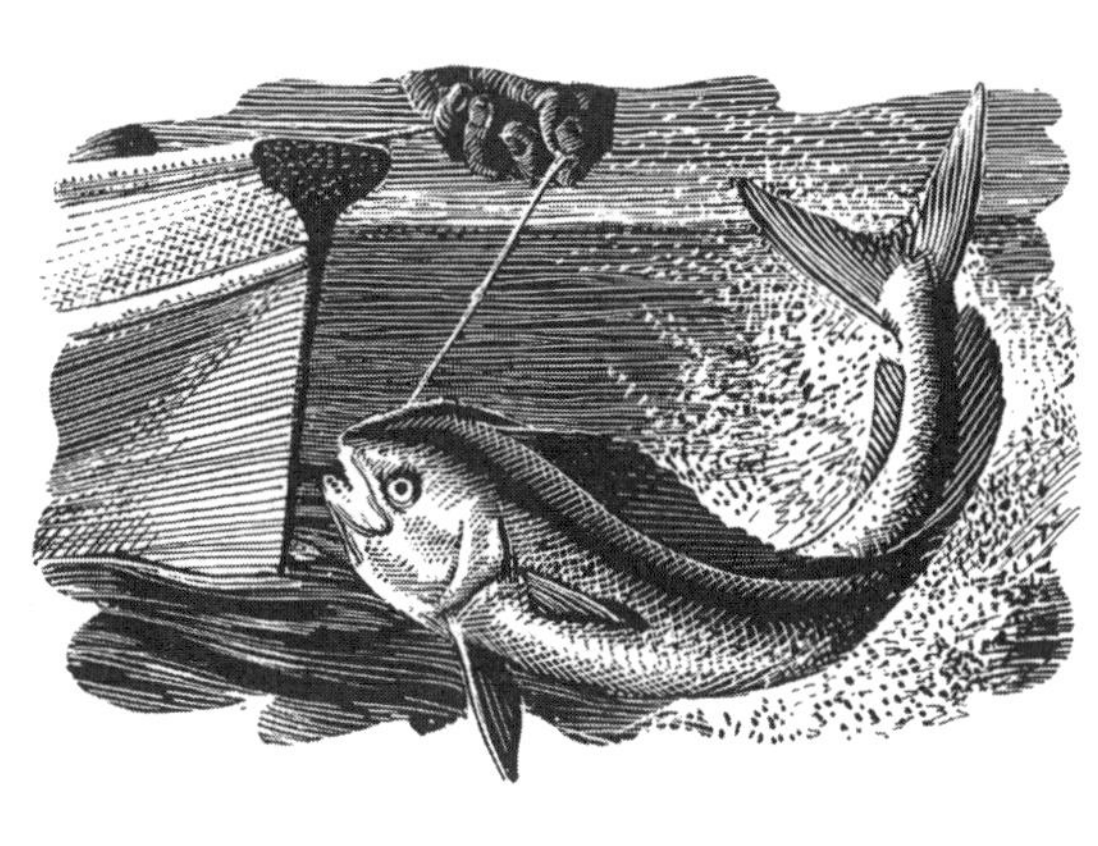

きを変えたりして逃げ回っていた。老人は船尾から身を乗り出すと、船尾越しに紫色の斑点がある金色にぴかぴか光った魚を釣り揚げた。釣針を急いで喰い切ろうとして、激しく顎を小刻みに動かしては、長い平たい胴体や、尻尾や頭を舟底に叩きつけていたが、やがてきらきら光る金色の頭をこん棒でたたくと、ぶるっと身震いしたかと思うと動かなくなった。

老人は釣針を魚からはずし、もう一度餌にするイワシをつけて、釣綱を海中に投げ入れた。それからゆっくり舳先の方へ移動した。左手を洗うとズボンにこすりつけて拭いた。次に重い釣綱を右手から左手に持ち替え、今度は右手を海水で洗ったが、そうする間にも大海原に沈みゆく太陽と、太い釣綱の傾き具合を見守っていた。

「あいつは全然変わっていない」彼が言った。だが、手に当たる水の動きを観察していて、動きが明らかにゆっくりになったのに気づいた。

「二本のオールを縛って、船尾につないでおくことにしよう。そうすれば、夜中にはやつの速度が落ちるだろう」彼が言った。「やつは夜に備えて意気盛んだし、おれだってそうだ」

シイラの肉の血が抜けないようにして、もう少し経ってから臓物を取り除くことにしても大丈夫だろう、彼は思った。そいつは後回しにして、二本のオールを括りつけて舟の動きを遅らせる作業をするときにやればいい。今は魚を落ち着かせておいて、日没時にはあまりちょっかいを出さない方がよさそうだ。日没時はどの魚も厄介なときだから。

彼は手をそよ風に晒して乾かすと、その手で釣綱を掴んで、できるだけ体を楽にし、舳先の厚板に寄りかかって、舟が前方に引っ張られるのに任せた。その結果、舟の方で、自分がやっていたのと同じか、それ以上に、魚が引っ張る重みを受け止めることになった。

どうやらどうやればいいのかわかってきたぞ、彼は思った。とにかくここまで漕ぎつけるやり方は。それからまた考えた。いいか、あいつは餌に喰らいついてから何も喰っていない。それにでかいし、喰いものがたくさん入用だ。おれはマグロをまるまる一匹平らげた。明日はシイラを食うんだ。彼はシイラのことをスペイン語のドラド(＊73)と呼んだ。臓物を取り除いたら、いくらか食べてやる。マグロより食べるのが厄介だ。だが、よく考えてみれば、簡単なことなんてあったためしがないじゃないか。

「気分はどうだ、魚よ」彼は口に出して尋ねた。「おれはいい気分だし、左手もよくなっている。それに夜と昼の食い物だってある。さあ舟を引っ張るんだ、魚よ」

彼は実際は気分がいいわけではなかった。背中にまわした釣綱の痛みが、ほとんど痛みを通り越して、信じられないほど感覚が鈍くなり、痛みを感じることがなくなっていた。だけど、今よりもっとひどいときがあったじゃないか、彼は思った。手はちょっと切れているだけだし、もう一方の手の引きつりも治っている。両足も大丈夫だ。それに今は食べ物だって、あいつより相当恵まれている。

すでに暗くなっていた。九月は日が沈むと急に暗くなる。舳先のすり切れた厚板に寄りかかって横になり、できるだけ休息をとった。一番星が出ていた。リゲル(*74)という名を知らなかったが、それを見て、もうすぐ星がひとつ残らず出てきて、遠方のあらゆる友と会えるのがわかった。

「魚だっておれの友達だ」彼は口に出して言った。「こんな魚を見たことないし、うわさに聞いたこともない。だけど、あいつを殺さなくてはならないんだ。ありがたいことに、星は殺さなくてすむ」

想像してみてくれ。来る日も来る日も、月を殺さなければならないとしたら、彼は考えた。月は逃げ出してしまうだろう。じゃあ、想像してみてくれ。来る日も来る日も太陽を殺そうとしなければならないとしたら。おれたちは幸運の星の下に生まれついている、彼は思った。

するると、食べるものが何もない大魚が可哀そうになった。だが、魚を殺そうという決意は、可哀そうに思っていても、決して衰えることはなかった。あいつの肉で何人の人間を養えるんだろう、彼は考えた。だけど、その肉を食べるのに値する連中だろうか。とんでもない、そんなはずがない。あいつの振る舞いや凛とした威厳を考えれば、食べるのに値する人間なんてだれ一人いるわけがない。

その辺のことはわからない、彼は思った。だけど、太陽や月や星を殺さなくていいのは、ありがたいことだ。海に生きて、真の友を殺めるので十分だ。

それから彼は思った。舟の動きを遅らせることを考えなくては。やるとなると、痛い目に遭うか上手くいくかのどっちかだ。おれは釣綱をいっぱい失ったあげく、やつに逃げられてしまうかもしれない。ただし、あいつががんばって引っ張って、なおかつオールを引っ張る負荷がうまく効けば、舟は本来の軽さを失うことになる。舟が軽いと、おれと魚の苦しみがそのぶん長く続くことになるが、その方が安全だ。負荷がかかれば、これまで出したことのない、とんでもないスピードで泳ぐことだってある。何が起ころうとも、シイラが腐らないように臓物を取って、少し食べて体力をつけなければだめだ。

さてもう一時間休んで、あいつが変わることなく落ち着いているのを確かめたら、船尾に戻ってオールを縛りつける作業をして、決断を下すことにしよう。その間に、どんな行動に出るか、何か変化を見せるのかがわかるだろう。オールを縛るのはうまいやり方だ。だが、もう危ういことをやってはいけないときなんだ。今だって大した魚だ。おれは釣針が口の端に食い込んでいるのを見た。あいつは口を堅く結んだままでいる。釣針の責め苦なんか何でもないんだ。空腹に苛まれ、得体の知れないものに逆らっている。これこそ最も重要なことなのだ。さあ、休むんだ、爺さん。今度おまえが仕事をするときがくるまで、やつを泳がせておけばいいんだ。

彼は休息を取った。二時間は経ったと思った。今は遅くならないと月は昇ってこなかった。それに時間を判断する術がなかった。少しは休んだという程度で、実際は休んでいなかった。相変わらず、魚の強い引きを両肩で受け止めていたが、舳先の舟べりに左手を置いて、魚の抵抗を受け止めるのに、少しずつ小舟それ自体の重みに任せた。

釣綱を舟にしっかり括りつけることができたら、どんなに簡単になることか、彼は思った。だが、舟をちょっと揺らせば、綱を切ってしまうだろう。自分の体であいつが綱を引っ張るのを吸収して、いつだって両手で綱を繰り出せるように準備しておかなくてはだめだ。

「だけど、おまえは眠っていないんだぞ、爺さん」彼は口に出して言った。半日と一晩、そして今日でもう一日たったが、おまえは眠っていない。あいつが静かで穏やかでいるなら、ちょっと眠る算段をしなくちゃだめだ。眠らないと、頭が冴えないぞ。

頭は十分冴えている、彼は思った。とてつもなく冴えている。おれの友達の星たちと同じくらい冴えわたっているんだ。それでも、寝るんだ。星は眠るし、月や太陽だって寝る。そして海洋だって、潮の流れがなく、べた凪になる日には、ときには眠るんだ。

でも忘れずに眠らなければ、彼は思った。自分で眠るようにしなけりゃだめだ。何本かある釣綱をどう扱うのか、簡単で確かなやり方を考え出さなくてはだめだ。さあ、船尾に戻って、シイラの臓物を取り除くことにしよう。眠らなくちゃいけないのなら、ブレーキ役のオールを船尾に縛りつけておくのは、あまりに危険だ。

眠らなくても、やれるだろう、彼は心の中でつぶやいた。だが、眠らないと危険すぎる。

彼は、不意に魚を引っ張ることのないように注意して、四つん這いになって、やっとの思いで船尾に戻った。あいつはうとうとしているのかもしれない、彼は思った。だが、休ませるわけにはいかない。死ぬまで引っ張らせておくんだ。

船尾に戻ると、肩に担いだ釣綱にかかる圧力を左手で支えようと向きを変え、右手で鞘からナイフを抜いた。今や星がキラキラ輝いていて、シイラがはっきり見えた。そこでナイフの刃をシイラの頭に突き刺して、船尾の下からシイラを引っ張り出した。片足を魚の上に置くと、すばやく肛門から下あごの先端まで切り開いた。それからナイフを置いて、右手で臓物を取り除き、中身をきれいにすくい出すと、鰓(えら)をきれいに取り去った。両手で胃袋を持つと、重くて、滑って掴みにくい感じがしたので、胃を切り裂いた。胃袋にトビウオが二匹入っていた。トビウオは新鮮で肉が締まっていた。二匹を並べて置くと、船尾越しに臓物と鰓を投げ捨てた。それらは水中に燐光の光跡を残して沈んでいった。シイラは今では冷たくなっていて、星明かりの下で鱗(うろこ)が薄墨がかった白色に見えた。老人は右足で魚の頭を押さえながら脇腹の皮をはいだ。それから魚をひっくり返して、反対の脇腹の皮をはぎ、頭から尻尾までわき腹を切り離した。

不要な臓物などを舟から海中にするりと落とすと、水に渦ができるか見ようとした。だが、ゆっくり沈んでいく光が見えただけだった。それから体の向きを変えると、二枚のシイラの切り身で二匹のトビウオを挿んだ。それからナイフを鞘に納め、ゆっくり舳先の方へ移動した。肩で担いでいる綱の重みで前かがみになって、右手で切り身の魚を持っていった。

舳先に戻ると、シイラの切り身二切れを舳先の厚板の上にきちんと並べ、隣にトビウオを並べた。そうしてから、肩で担いだ釣綱の位置を変えると、舳先の舟べりに置いていた左手で再び釣綱を掴んだ。それから舟べりから身を乗り出して、海水でトビウオを洗い、手に当たる水の速度を心に留めた。手はシイラの皮をはいだ関係で燐光を発していたが、その手に当たる海水の流れをじっと見つめた。流れは前ほど速くはなかった。手のわきの部分を小舟の外板に擦りつけると、鱗の微細な粒がいくつもゆっくりと後方に流れていき漂っていった。

「あいつは疲れているか、休んでいるかだ」老人は言った。「さあこのシイラを食ったら、少し休んで寝ることにしよう」

星空の下で、夜は次第に冷え込んでいったが、シイラの切り身を半分と、臓物を取って頭を切り離したトビウオを一匹食べた。

「シイラは料理して食べると最高だ」彼は言った。「生で食べるとひどいもんだ。塩かライムを持たずに舟に乗るのは金輪際ごめんだ」

頭が働いてたら、舳先に一日中海水をはねかけておいたのに。そいつが乾いたら、塩ができていただろうに、彼は思った。だが、おれがシイラを引っ掛けたのは日没近かった。やはり準備不足だったんだ。でも、塩がなくても、おれはよく噛んで食べて、別に吐き気もしなかった。

東の空一面に雲が出てきて、次々に知っている星が消えていった。今やまるで雲の大峡谷に入っていくようだった。風は凪いでしまっていた。

「三、四日もすれば、天気は下り坂になるだろうな」彼が言った。「だが、今夜と明日は大丈夫だ。さあ、魚が落ち着いて静かにしている間に、少し寝支度でもするか、爺さんよ」

右手で釣綱をしっかり持って、大腿部を右手に押しつけ、全体重を舳先の厚板にかけた。それから釣綱を上背部のやや低いところに巻きつけ、左手でしっかり押さえた。

左手で綱を押さえている限り、右手で綱を掴んでいられるだろう、彼は思った。もし眠っている間に綱が緩んだら、釣綱が引っ張られて出ていくときに、左手が起こしてくれる。そうなると右手が痛む。だが、こいつは痛みには慣れっこだ。二、三十分眠っても、大丈夫だ。彼は横になると、自分の体重をかけて釣綱が動かないようにし、全体重が右手にかかるようにしてぐっすり眠った。

ライオンは夢に現れなかった。その代わりイルカの大群が現れた。群は八マイルか十マイルの長さに達していて、交尾の時期だった。空中高く飛び跳ねたかと思うと、飛び跳ねたときに海水にできたのと同じ穴に戻ってくるのだった。

それから、村にいて自分のベッドで寝ている夢を見た。北風が吹きすさび、とても寒かった。右腕が、枕代わりに頭を載せていたので、しびれてしまった。

そのあと、夢のなかに長い黄色い浜辺が現れた。先頭のライオンたちが、薄暮のなかを浜辺にやってくるのが見えた。それから、他のライオンたちがやってきた。老人は夕暮れどきの陸風に当たりながら、錨を下ろして停泊中の船の舳先の厚板に顎を載せていた。そして、もっとライオンがやってこないか確かめようと待ち構え、幸せな気分だった。

月が昇ってから大分経ったが、彼は眠り続け、魚は絶え間なく釣綱を引っ張り続けていた。やがて小舟は雲のトンネルの中に入っていった。

右手の握りこぶしがぐいっと引っ張られて顔にぶつかり、釣綱が手のひらを通ってどんどん繰り出され、手が火傷をしたように痛んで目が覚めた。左手はまったく感覚がなかった。右手でできるだけ釣綱が出ていくのをくいとめたが、綱は物凄い勢いで出ていった。とうとう左手で綱を探り当て、綱に背をもたせかけると、今度は背中と左手が焼けるように熱く、左手は魚の引きをすべて受け止めたために、ひどい切り傷ができてしまった。振り返ってぐるぐる巻いてある釣綱を見ると、よどみなく繰り出されている。まさにそのとき、魚が飛び跳ねた。海が大きく張り裂けたかと思うと、すぐにドブーンと大きな音を立てて飛び込んだ。それから何度も繰り返し飛び跳ねるので、綱はどんどん走り出ていたが、小舟も物凄い速さで引っ張られていた。そこで老人は、もう少しで切れる寸前まで綱をたぐり寄せては、何度も何度も同じことを繰り返した。彼は舳先の方にしたたか引き倒されていて、シイラの切り身の中に顔がのめり込んで、身動きできなくなっていた。

これこそ、おまえとおれが待ち望んでいたことだ、老人は思った。だから今こそおれたちの運命（さだめ）を受け入れるとしよう。

釣綱の代金は払ってもらうぞ、彼は思った。あいつに払わせるんだ。

彼は魚が飛び跳ねるのを見ることができずに、飛び込むときに海面が割れてしぶきが大量に飛び散る音を聞いただけだった。釣綱が物凄い速さで出ていったので、両手をひどく切ったが、いつだってこうしたことが起こるのはわかっていて、たこができて硬くなった部分に切り傷ができるようにして、釣綱が手のひらを擦ったり指を切ったりしないようにしていた。

もしあの子がここにいれば、巻綱を濡らしてくれるのに、彼は思った。そうさ。あの子がここにいてくれたら。ここにいてくれたら、よかったんだ。

釣綱がどんどん勢いよく出ていったが、今ではゆっくりになっていた。そこで魚を疲れさせるために、ほんの少しずつ綱を繰り出すことにして、魚の引きを和らげた。今や彼は舳先の板から、つまりは彼がのめり込んで頬で押しつぶしてしまったシイラの切り身から顔を上げていた。それから両膝をついて、ゆっくり立ち上がった。その間ずっと釣綱を繰り出していたが、次第に前よりゆっくりになった。見えない巻綱に、足で触れるところまで戻っていった。まだたくさん釣綱が残っていて、今や魚は、新しい釣綱全部が水を吸って重くなったやつを、引っ張らなくてはならない。

そうだ、彼は思った。今ではもう何度も飛び跳ねて、背中にある浮袋にいっぱい空気を吸い込んだので、引き上げられないような深みにまで潜って、命を落とすことはあり得ない。すぐに旋回し始めるだろう。そうなると、あいつとの闘いに挑まなくてはならない。一体、どうして唐突に飛び跳ねたりしたのか。腹が減って捨て鉢になったからか、それとも夜中に何かに驚いたからなのか。急に恐怖を感じたのかもしれない。だが、あいつは実に穏やかな逞しい魚で、まったく恐れを知らず自信満々に見える。飛び跳ねるなんて不思議だ。

「恐れずに、自分を信じることだ、爺さん」彼は言った。「おまえはあいつを捕らえているが、釣綱をたぐり寄せられないでいる。だが、そろそろ旋回し始めるぞ」

老人は今や左手と肩で魚の引きを受け止めてかがみ込むと、右手で水を掬い上げ、顔についた押しつぶされたシイラの肉片を洗い流した。肉片のせいで、吐き気を覚え、嘔吐して体力を失うのが心配だった。顔がすっきりすると、舟べり越しに海水で右手を洗い、しばらく塩水に浸けておいたが、そうこうしながら日の出前に曙光が差してくるのを見守っていた。あいつはほぼ東に進んでいる、彼は思った。疲れて、潮の流れに乗って泳いでいる証拠だ。もうじき旋回するようになる。そうなれば、本当の攻防が始まるんだ。

右手を十分長いこと海水に浸していたと判断すると、海水から取り出して眺めた。

「それほどひどくなっていない」彼は言った。「それに痛みなんか、男にとって大したことじゃない」

新しい切り傷に釣綱が当たらないように、注意深く釣綱を掴んだ。そして、小舟の反対側で左手を海水に浸けられるように重心を移動させた。

「おまえは役立たずだけど、まあよくやってくれたじゃないか」彼は左手に言った。「だけど、探しても見つからないときがあったじゃないか」

どうして、ちゃんとした両手を持って生まれてこなかったんだ、彼は思った。多分、左手をちゃんと鍛えなかったのがいけなかったんだ。だが、確かに学習する機会は十分にあった。とはいえ、夜はそこそこうまくやってくれたじゃないか。それに引きつったのは一度だけだ。もう一度引きつったら、釣綱で擦って左手を切り落としてしまうからな。

こんなことを考えていると、頭がぼーっとなっているのがわかった。そこでシイラをもう少し噛まなくては、と思った。でも、噛めない、と言い聞かせた。吐き気で体力を失うより、頭が回らない方がましだ。それにおれの顔がシイラの切り身にのめり込んだ経験から、そいつを食べれば、胃が持たないのがわかっている。そいつが腐って食えなくなるまで、万一の時に備えて取っておこう。だけど、今になって何かを食って体力をつけようとしても遅すぎる。おまえはどうかしているぞ、彼は自分に言い聞かせた。もう一匹トビウオでも食べたらどうだ。

トビウオはきれいにして、いつでも食べられるようにしてあった。彼は左手で手に取ると、骨を注意深く噛んで尻尾まですべて平らげた。

こいつは他のどの魚より滋養分がある、彼は思った。とにかくおれに必要な体力ぐらいは補えるだろう。これで、やれることはやったぞ、彼は思った。あいつを旋回する気にさせて、あとは闘いに備えるだけだ。

彼が海に出て以来、三度目の太陽が昇るところだった。そのとき、魚が旋回し始めた。釣綱の傾きを見ていては、魚が旋回しているのがわからなかった。旋回するには、時刻があまりにも早すぎる。ただ、釣綱にかかる力がかすかに緩んだのを感じただけだ。そこで右手で釣綱をやさしく引っ張り始めた。いつものように、綱がぴんと張ったが、まさに綱が切れる寸前で、綱をたぐれるようになった。背中と頭から釣綱をそっとはずし、綱をひたすら静かにたぐり始めた。体を左右に揺らしながら両手を操り、体と両脚でリズムを取って、できるだけ釣綱を引こうとした。彼の年老いた両脚と背中が、綱を引く両腕の動きに調子を合わせて揺れ動いた。

「とても大きな円を描いている」彼は言った。「だが、回っていることに変わりない」

すると、釣綱をこれ以上たぐれなくなってしまった。ただ釣綱を握っているだけだったが、ついには水滴が数粒、日の光を受けて綱から飛び散るのが見えた。やがて、釣綱が出始めると、老人はひざまずき、しぶしぶ釣綱を真っ暗な海水の中に走り出させた。

「あいつは今、円の向こうの遠い方を回っている」彼は言った。できるだけ引き留めておかなくては。引っ張っていれば、そのつど円が小さくなるだろう。一時間もすれば姿を拝めるかもしれない。今こそおれには勝てないと得心させて、息の根を止めてやるんだ。

だが、魚はゆっくり旋回し続け、老人は汗びっしょりになり、二時間後には骨の髄まで疲れてしまった。とはいうものの、円は今ではずっと小さくなり、釣綱の傾き具合から、魚が泳ぎながら着実に浮かび上がってきているのがわかった。

一時間もの間、老人の目の前にいくつもの黒点が現れた。汗に含まれた塩分で目が痛み、目と額の上にできた切り傷も塩分でヒリヒリした。彼は黒点のことは気にしていなかった。釣綱を引き寄せて緊張が高まったときに、黒点が現れるのはごくごく自然なことだったからだ。けれども二度ほど、気を失いそうになってふらふらしたので、そっちの方が心配だった。

「気を失って、こんなにでかい魚の目の前で死ぬわけにはいかない」彼が言った。「こんなに手際よくあいつをたぐり寄せたのだから、神よ、おれに堪える力をお与え下さい。『主の祈り』と『アヴェ・マリアの祈り』を一〇〇回ずつ唱えますから。でも、今唱えるわけにはいかないのです」

お祈りを唱えたものと見なして下さい。あとで唱えますから。

ちょうどそのとき、両手で握っている釣綱に急に何かが激しくぶつかって、物凄い力で引っ張られるのを感じた。鋭い痛みを伴う感じで、重かった。

槍のような長く突き出た口先で、ワイヤー製の鉤素にぶつかっているんだ、彼は思った。こうなるはずだったんだ。こうするほかなかったんだ。だけど、こうなると、飛び跳ねるかも知れない。今は旋回していてほしいのだが、空気を吸い込むために、飛び跳ねる必要があるんだ。だけど、飛び跳ねるたびに、釣針が食い込んだ傷口が広がって、釣針を吐き出してしまうかもしれない。

「飛び跳ねないでくれ、魚よ」彼は言った。「飛び跳ねちゃだめだ」

魚はワイヤー製の鉤素をさらに何度か叩いた。魚が頭を振るたびに、老人は釣綱をほんの少し緩めては繰り出していった。

あいつの痛みを今ぐらいにしておかなくては、彼は思った。おれの痛みなんてどうってことはない。自分でどうにでもできる。でも、あいつは痛みで気が狂わんばかりになるはずだ。

しばらくして魚はワイヤーを叩くのを止め、再びゆっくり旋回し始めた。今や老人は釣綱を少しずつたぐり寄せていたが、再び気を失いそうになった。左手で海水をすくい取ると頭にかけた。それから、さらに何度も頭にかけて、首のうしろをさすった。

「もう引きつりはなくなった」彼が言った。「あいつはすぐに上がってくるだろうし、おれは大丈夫だ。最後までやりぬいてやる。そんなことを口にするのさえ止めるんだ」

彼は膝をついて舳先にもたれかかると、少しの間もう一度釣綱を背中にまわした。遠くで旋回している間、一休みしよう。それから捕まえられるところにきたら、起き上がってあいつを仕留める作業に取り掛かってやる、彼は心に決めた。

舳先で休んで、釣綱をたぐることなく、魚に好きなように旋回させておくのは、すごい誘惑だった。だが、綱の手応えから、魚が向きを変えて小舟の方にやってくるのがわかると、老人は立ち上がって、体を軸にして紐を織るように両手を交互に使って、たぐり寄せられるだけの釣綱を手元に引き寄せ始めた。

これまでなかったような疲れだ、老人は思った。そして今、貿易風が吹き始めた。だが、あいつを連れて帰るにはいい風だ。どんなにこの風を待ち焦がれていたことか。

「あいつが遠ざかって、もう一度旋回しているときに、休むことにしよう」彼は言った。「さっきよりずっと気分がよくなった。あと二、三回旋回すれば、あいつを捕まえられるだろう」

麦わら帽子が後頭部の奥までずり落ちていた。魚が向きを変え、釣綱が引っ張られると、彼は舳先に身を沈めた。

魚よ、今はゆっくり泳いでいるけど、彼は思った。次に向きを変えたら、捕まえてやる。

波がだいぶ荒くなっていた。だが、天気がいいときには頼りになる風だ。港に帰るにはこの凪が必要だ。

「ちょっと南西に進路を取ることにしよう」彼が言った。「海で迷子になるやつなんていない。それに帰るのは細長い島なんだから」

三度旋廻したところで、初めて魚の姿を見た。

最初見たのは黒い影のようなもので、そいつがとてつもなく長い時間をかけて小舟の下を通っていったので、魚の長さを信じることができないほどだった。

「まさか」彼が言った。「あんなにでかいはずがない」

しかし、それほど大きかったのだ。三度目の旋回が終ると、たった三十ヤードしか離れていない海面に姿を現わし、老人は尻尾が海面に出ているのを見た。巨大な草刈り鎌の刃より丈が長く、それが暗青色の海面から突き出て、淡い薄紫色をしていた。尻尾は後方に傾斜していて、魚が真下を泳いでいったとき、老人はどでかい巨体とその体躯を紐で縛ったような薄紫の縞模様を見ることができた。背びれは垂れており、左右の巨大な胸びれは大きく広がっていた。

今回の旋廻で、魚の目と魚のまわりを泳いでいる二匹の薄墨色のコバンザメ(*75)が見えた。ときおりやつらは大魚に吸いついて移動する。ときには急いで逃げることもある。ときどき大魚の蔭に隠れて苦もなく泳いだりもする。それぞれが全長三フィート以上で、速く泳

ぐときは、鰻のように全身を激しく動かす。

老人は今では汗をかいていたが、太陽の暑さだけではなかった。魚が慌てふためくことなく冷静に旋回するたびに、釣綱を手繰り寄せ、もう二回も旋回すれば、銛を打ち込む好機が訪れると確信していた。

だが、あいつを近くに、ずっとずーっと近くに引き寄せなくては、彼は思った。頭を狙うんじゃない。心臓を狙うんだ。

「落ち着いてしっかりやるんだ、爺さん」彼は言った。

次に旋回したとき、魚の背中が海面から現れたが、小舟からは少し離れすぎていた。次の旋回でも相変わらずはるか遠くを泳いでいたが、さっきより高く水面から出て泳いでいるので、老人は、もう少し釣綱を手繰れば、魚を小舟の傍らに引っ張ってこられると確信した。

彼はずっと前に銛を使えるように用意していた。銛に繋いで幾重にも巻いた軽目の綱が、丸い籠の中にしまってあって、その先端が舳先にある係柱にしっかり結んであった。

今や魚が旋回しながら銛を打ち込めるところまでやってきた。落ち着きはらって、その美しい姿を見せ、大きな尻尾だけが動いていた。老人は全力で魚をぐいっと引っ張って、もっと自分の近くに引き寄せようとした。ほんの一瞬、魚はわずかに横向きになったが、すぐに体勢を立て直すと再び旋回し始めた。

「やつを揺さぶってやったぞ」老人が言った。「揺さぶったんだ」

彼は今、また気を失いそうになったが、ありったけの力で大魚に食らいついていた。おれはやつを揺り動かしたんだ、彼は思った。ことによると、今度こそやつをやっつけられる。手よ、引っ張るんだ、彼は思った。脚よ、踏ん張るんだ。頭脳よ、おれのためにやりぬいてくれ。おれのためにやりぬくんだ。おまえがだめになったことなんか一度もないんだから。今度はあいつを引き寄せるんだ。

だが、全力をふりしぼって、魚が傍らに来る前のずっと離れたところから釣綱を引き始め、なおもありったけの力で引っ張っていると、魚は少しだけ引っ張られただけで、すぐに立ち直って遠ざかっていった。

「魚よ」老人が言った。「魚よ、おまえはどのみち死ななきゃならないんだ。おれのことも道連れにしなくちゃ気がすまないのか」

そんなことをしたって、時間の無駄だ、彼は思った。口があまりにも乾いていて、言葉にならなかったが、今は水を取ろうにも手を伸ばせなかった。今度こそあいつを舟べりに引っ張り込まなくては、彼は思った。この先、魚が何度も旋回するんじゃ堪えられない。いや、堪えられる、彼は自分に言い聞かせた。いつまでも堪えてやる。

次に旋回したとき、もう少しで魚を捕まえるところまでいった。だが、魚は再び立ち直り、ゆっくり遠ざかっていった。

おれを殺すつもりだな、魚よ、老人は思った。だが、おまえにはそうするだけの権利がある。おまえほど大きくて、美しく、落ち着いていて、気品のあるやつを見たことなんてないぞ、兄弟よ。さあ、おれを殺してみろ。どっちがどっちを殺したって、おれは一向に構わない。

頭がこんがらがってきた、彼は思った。頭をしゃんとするんだ。頭をしゃんとして、どうやったら人間らしく苦痛を受け入れられるか学ぶんだ。それとも魚らしくか、彼は思った。

「頭よ、しゃんとするんだ」彼は自分でも聞き取れないような声で言った。「しゃんとすることだ」

さらに二度、魚は旋回したが、そのつど同じ結果になった。

わからないな、老人は思った。その度に今にも意識を失いそうになったのだ。どうしてだかわからない。だけど、もう一度やってみる。

彼はもう一度試したが、魚をひっくり返したとき、意識が遠のいていくのを感じた。魚は立ち直り、大きな尻尾を海面でくねらせ、ゆっくり遠ざかっていった。

もう一度やってやる、老人は誓った。だが、両手は今や綱擦れで血みどろだし、目もときたま突発的によく見えるようになる程度にすぎなかった。

もう一度やってみたが、結果は同じだった。それなら、と彼は考えた。だが、とりかかる前に意識が遠のくのを覚えた。とにかくもう一度やってみる。

これまで受けたあらゆる苦しみ、そしてわずかに残っている力、とうの昔になくなってしまった誇りを内に秘め、それらすべてを魚の苦しみにぶっつけた。すると魚が舟べりにやってきて、そこで静かに泳いでいた。くちばし状の吻を小舟の外板に触れんばかりにして、魚は小舟を通り抜けようとした。長々しい図体、かなり厚ぼったく、幅広で、銀色の体に紫の縞模様を見せ、水の中をいつ尽きるとも知れずに泳いでいった。

老人は釣綱を垂らし、その上に片足を載せ、できるだけ高く銛を持ち上げると、力いっぱい、それもこれまで以上の力を振り絞って、人の胸の高さにまで空中高く突き出た巨大な胸びれのすぐ後ろの脇腹に突き刺した。先端部の金属が大魚に食い込んでいくのを感じ、

The Old Man and the Sea

銛に体をあずけ、さらに奥深くまで突き刺すと、銛に全体重をかけた。

すると魚は、内部に死を宿しながら、活気を取り戻し、海面から高く飛び上がって、とてつもなく長く幅広の巨大な総身と、力と美のすべてを見せつけるのだった。まるで小舟に乗った老人の、遙か上の空中に浮かんでいるようだった。それからすさまじい音を立てて水中に没していき、波しぶきが老人と小舟のそこらじゅうにかかった。

老人はめまいがして気分が悪くなった。それに目もよく見えなかったが、銛をつないでいる綱のもつれをほぐし、皮膚がむけて赤くなった手でゆっくりと綱を繰り出していった。目が見えるようになると、魚が銀色の腹を上に出して仰向けになっているのが見える。銛の取っ手の部分が魚の肩から斜めに突き出ていて、海は魚の心臓から噴き出た真っ赤な血で変色している。海の色は最初、水深一マイル以上もある青い海原を泳ぐ魚の群れのように黒ずんでいたが、やがてその色が、雲のように周囲に拡散していった。魚が銀色に輝いて、静かに波間に漂っていた。

老人はその光景を、おぼつかない目で注意深く眺めた。やがて、銛に繋いでいた綱を、舳先の係柱に二回り巻きつけると、両手で頭を抱えて休んだ。

「頭をすっきりさせるんだ」彼は舳先の厚板に寄りかかって言った。「おれはくたびれ果てた年寄りだ。だが、おれは兄弟分のこの魚を仕留めたんだ。これから気が進まないつまらん仕事をしなくては」

まず、舟べりに縛りつける輪縄とロープを用意しなくては、彼は思った。仮に二人の人間がいて、あいつを載せるのに小舟を水浸しにして、溜まった水を汲み出そうとしたって、この舟には載せられない。準備万端整ったら、魚を引き寄せ、上手に縛ったらマストを立てて、故郷の港に向かうんだ。

彼は魚を引き寄せ、舟べりに横づけにしようとした。そうすれば鰓から綱を入れて口から出して、魚の頭をしっかり舳先近くの舟べりに括りつけられるだろう。あいつの姿を見たいものだ、彼は思った。そして、触って、感触を確かめてみたい。あいつはおれの命運を握っているんだから、彼は思った。だけど、それで触ってみたい訳じゃない。おれはあいつの心臓を感じた、彼は思った。二度目に銛をあいつの体に押し込んだときだ。さあ、手もとに引き寄せるんだ。そうして舟べりに括りつけ、輪縄を尻尾ともう一本は真中の胴に巻きつけ、きつく締めて小舟に縛りつけるんだ。

「さあ仕事だ、爺さん」彼は言って、水をほんの少し飲んだ。「もう魚との闘いが終わったんだから、気が進まないつまらん仕事を沢山しなくちゃならない」

彼は空を見上げ、それから向こうの魚に目をやると、今度はじっくり太陽を眺めた。まだ正午を回ってあまり経っていない、彼は思った。それに貿易風が吹き始めている。今と

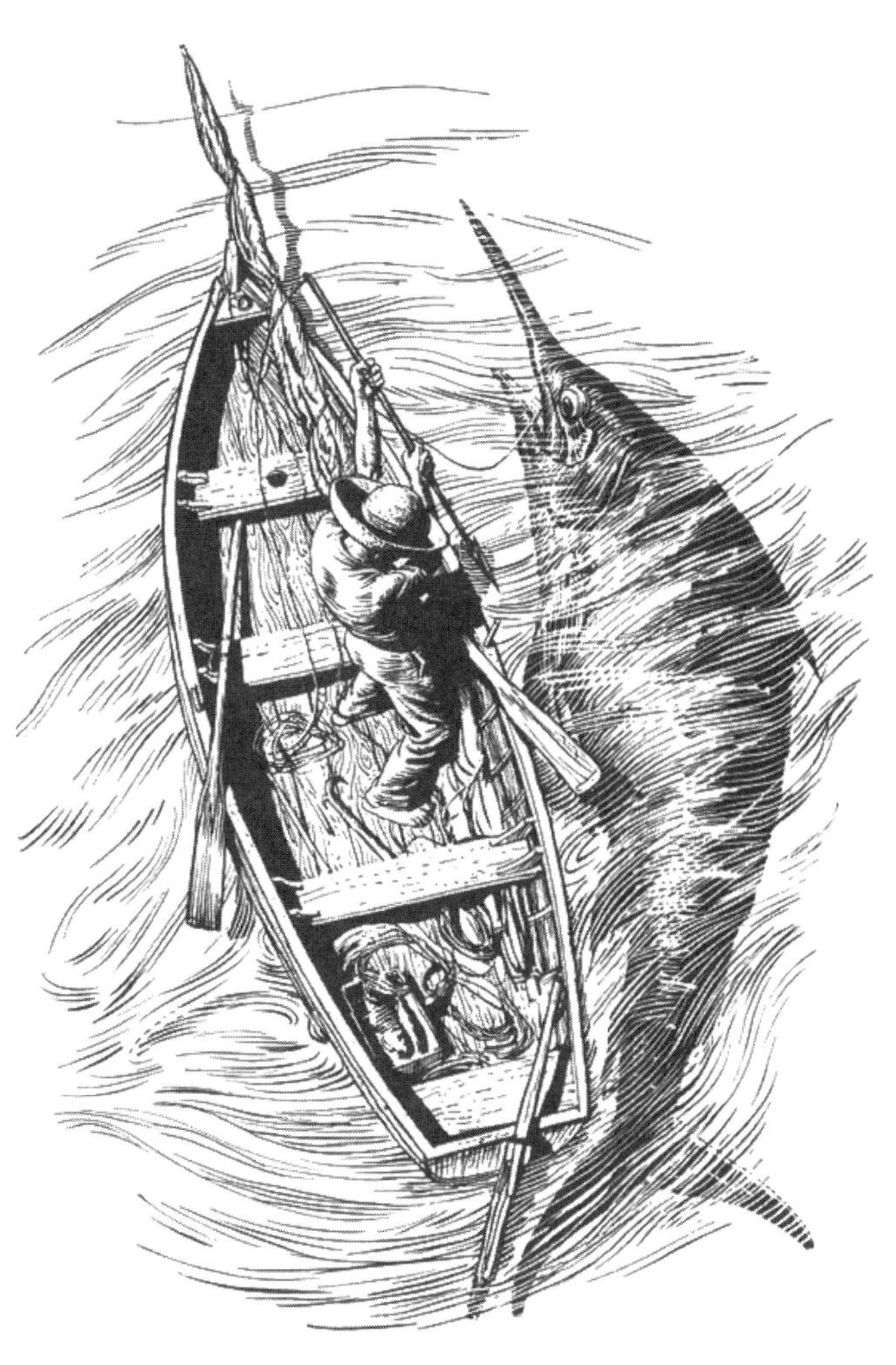

老 人 と 海

なっては釣綱はどうなってもよかった。故郷の港に戻ったら、あの子とおれとで繋ぎ合わせればいいんだ。

「さあ来い、魚よ」彼は言った。ところが魚は来なかった。その代わり、その場に横たわり波間でゆらゆら揺れていたので、老人の方で小舟を漕いで魚に近づいた。

魚と並ぶまで近づいて、魚の頭が舳先の隣に来ると、その大きさがとても信じられなかった。係柱から銛に繋いだロープをほどき、それを魚の鰓から入れて顎から出すと、くちばし状の吻に巻きつけ、今度はロープを反対側の鰓から入れて、もう一度吻に巻きつけ、二本のロープを固く結び合わせ、それを舳先の係柱にしっかりと繋いだ。それからロープを切り取ると、船尾へ行って輪縄を作って尻尾をきつく縛りあげた。魚は本来の紫と銀を混ぜ合わせたような色から銀色に変わっており、縞模様は尻尾と同じ淡い紫色をしていた。縞の幅は五本の指を広げた大人の手より幅広で、その目は生気を失い、潜望鏡についた反射鏡か、キリスト教の祭事で台座に乗せて練り歩く張りぼての聖人の目のように、生きた目どころではなかった。

「殺すにはあれしかなかったんだ」老人が言った。水を一口飲んで気分がよくなった。もう意識を失うこともないだろう。頭もすっきりしていた。このままで一五〇〇ポンド以上にはなる、彼は思った。それ以上になるかもしれない。市場に出すのに骨や臓物を捌(さば)いたあとの正味がその三分の二で、一ポンド三〇セントならいくらになるのだろうか。「計算するには鉛筆が必要だ」彼は言った。「おれの頭はそれほど冴えてるわけじゃない。だけど、今日のおれなら大ディマジオは誇りに思ってくれるだろう。おれに骨棘があるわけじゃないが、両手と背中が本当に痛いんだ」骨棘ってどんな感じだろうか、彼は思った。それとは気づかずに、おれたちにできているものなのかもしれない。

彼は魚を舳先と船尾、それと真中にある腰掛梁にしっかり括りつけた。とんでもない巨体で、舟べりにもっと大きな小舟を繋いでいるようだった。彼は釣綱を一本切って、魚の下あごをくちばし状の吻に縛りつけ、口が開かないようにして、できるだけ手際よく小舟と一緒に航行できるようにした。それからマストを立て、斜桁（しゃこう）(*76)の代用品の鉤竿の柄と帆桁（ほげた）(*77)を装着すると、継ぎはぎだらけの帆が風を孕んでぴんと張って、小舟が進み始めた。彼は船尾にほとんど横になって、南西に向けて舟を進めていった。

磁石がなくても、どこが南西の方角かわかった。貿易風の気配と帆の張り具合さえわかればよかった。疑似餌をつけた細めの釣綱を垂らし、食べ物と口を湿らす程度の飲みものを手に入れておこう。ところが、疑似餌が見つからず、餌にするイワシも腐っていた。そこで、通りがかりに黄色いホンダワラを鉤竿で引っ掛けて揺すると、そこに隠れていた小エビが小舟の床板に落ちてきた。かなりたくさんの小エビがいて、ハマトビムシ(*78)のようにぴちぴち飛び跳ねた。老人は親指と人差し指でエビの頭を摘まみ取って、殻としっぽをよく噛んで食べた。とてもちっぽけなエビだったが、栄養があるのがわかっていて、とてもうまかった。

瓶にまだ二口分の水が残っていて、小エビを食べてから一口分の半分の水を飲んだ。小舟は巨大な魚というハンディキャップを抱えている割には順調に進み、彼は舵の柄を小脇に抱え込んで舟を操っていた。魚が見える。これこそ実際に起こったことで、夢でないことを確かめるには、ただ両手に目をやって、船尾にもたれかかって背中の痛みを感じさえすればよかった。もう少しで仕留められる段になって気分が悪くなったとき、これは夢に違いないと思ったこともあった。やがて魚が海面から飛び出して水中に没する前に、不動の姿勢で宙に浮かんでいるのを見たとき、何かとてつもなく不思議なことが起こったんだと確信はしたものの、とても信じられなかったのだ。今はいつも通りよく見えるが、あのときはよく見えなかった。

今では魚がすぐ傍にいるし、両手や背中の痛みが夢でないのがわかっていた。手はすぐよくなるだろう、彼は思った。手の出血はすっかり止まっていた。海水に漬けておけば傷が治るだろう。メキシコ湾の濃紺の海水こそ、何より効き目がある。あとは頭をすっきりさせておけばいい。もう両手でやるべき仕事はやって、おれたちは舟を順調に進めている。

魚は口を閉じ、尻尾を垂直にぴんと立てて、おれたちは兄弟のように小舟を走らせている。そのとき、頭がすこしぼんやりし始めた。あいつがおれを港に連れていっているのか、おれの方で連れていってるのか、どっちなんだ、彼は思った。もしおれが引っ張っているのなら、問題ないだろう。また、魚がすっかり威厳をなくして小舟に載っているなら、これも疑問の余地がないだろう。でも、綱で縛って並んで一緒に進んでいたので、あいつさえよければ、おれが連れてってもらっていることにしたって構わない、老人は思った。策を練って、うまくやっただけなんだから。それに、むこうは危害を加えるつもりなんてなかったんだから。

彼らは順調に航行をつづけた。老人は両手を海水に浸して、頭をすっきりさせたままにしておこうとした。高いところに積雲がいくつも浮かんでいて、その上に大きな巻雲があったので、海風が止むことなく一晩中吹くのがわかった。老人は絶えず魚を眺めては、これは実際に起こったことなのだ、と確信するのだった。それから一時間して、最初の鮫が襲ってきた。

鮫がやってきたのは偶然ではなかった。黒ずんだ血の雲が一マイルも下の深海に沈んで拡散していったとき、鮫が海の奥深くから海面に浮き上がってきたのだ。あまりに速く、そして何ら警告を発することもなく、まったく気づかれずに浮かび上がってきて、青い海原の水面を突き破り、日の光を浴びたかと思えば、海中に姿を没し、血の匂いを嗅ぎつけると、小舟と大魚を追いかけて泳ぎ始めたのだった。

臭跡を失ったときもあったが、鮫は再び血の匂いを嗅ぎつけるか、その痕跡を見つけるのだった。鮫は猛烈な速さで、懸命に追いかけてきた。海で最速の魚と同じくらい速く泳げる体つきをした、とてつもなく大きなアオザメ(*79)で、顎を除けば、何もかも美しい。背中はメカジキ(*80)のように青く、腹は銀色で、皮は滑らかで見映えがした。巨大な顎を除けばメカジキと同じような体つきをしている。今やその顎を固く閉じていたが、それは海面のすぐ下を、高く伸びた背びれが、ぐらつくことなく鋭く水を切り裂いて素早く泳ぐためだ。固く閉じた二重口唇の内側には、八列に並んだ歯が内側に向かって曲がっている。

この鮫の歯は、大多数の鮫の通常のピラミッド型の歯とは違う。何かを掴もうとして、鉤爪のように内側に曲がっている人間の指のような形をしている。老人の指とほぼ同じ長さで、両側に切れ味鋭い刃先がついている。これこそ海にいるあらゆる種類の魚を、つまりとてつもなく速く、攻撃的で、しかも十分に武装して向かうところ敵なしの魚までも、何でも餌食にしてしまうように作られている魚なのだ。今、鮫は新たに血の匂いを嗅ぎつけると、スピードを増し、青い背びれが水面を切り裂いた。

鮫がやってくるのを見ると、老人にはそれがまったくの怖さ知らずの、やりたい放題のことをやるやつだとだとわかった。鮫が近づいてくるのを見守りながら、銛を用意して、それにロープをしっかり繋いだ。ロープは、魚を小舟に括りつけるのに切り取ってしまっていたので、短かくなっていた。

今、老人の頭は冴えていて申し分なかった。決意は漲(みなぎ)っていたが、成算はほとんどない。あまりいいことは長続きしないものだ、彼は思った。大魚を一瞥すると、鮫が近づいてくるのを見守った。夢だった方がよほどましだ、彼は思った。おれに攻撃を加えるのは防げないが、一矢を報いることはできるかもしれない。デンツーソー(*81)め、彼は思った。おまえを生んだ母親は、とんでもない罰当たりだ。

鮫はどんどん船尾に迫ってきた。大魚に喰いついたとき、そいつが口を大きく開いて、異様な目をしてやってきて、歯をカチカチさせて尻尾の真上にある肉を噛み切るのが見えた。鮫の頭部は海面から出ていて、背中も見えてきた。老人には大魚の皮と肉が喰いちぎられる音が聞こえたが、まさにその瞬間に、老人は鮫の頭の、目と目を結んだ線と、鼻からまっすぐ背中に伸びた線が交差する所に、銛を打ち下ろした。そんな線などなかった。ただあるのは、ごつごつして角ばった青みがかった頭と大きな目、歯をカチカチさせて何でも飲み込んでしまう突き出た顎だけだった。だが、そこが脳髄のある場所で、老人はそこを目がけて叩いたのだ。彼は血でぬるぬるした手で銛を掴むと、そいつをありったけの

The Old Man and the Sea

力で脳髄に打ち下ろしたのだった。成算があってやったのではない。確固たる意志と敵意を抱いてやったのだ。

鮫がごろりとひっくり返ると、老人にはそいつの目に生気がないのがわかった。すると、鮫はもう一度ごろっと回転して、銛に繋いであったロープを自分の身体に二度巻き付けた。鮫が絶命したのがわかっていたが、鮫はその事実を受け入れようとしなかった。それから、腹を見せたまま、尻尾を激しく動かして、顎をカチカチさせると、高速モーターボートがやるように海面を切るように進んでいった。鮫が尻尾で海面を激しくたたいたところは白くなっていた。身体の四分の三は水面上に飛び出ていたが、やがて銛を繋いでいたロープがぴんと張って、揺れ動いたかと思うと、ぷつんと切れてしまった。鮫はほんの少しの間、海面に静かに浮かんでいた。老人はその様子をじっと見つめていた。それから鮫はゆっくり沈んでいった。

「やつは四十ポンドくらい引っさらってしまった」老人は口に出して言った。銛も、ロープも全部、持っていかれた、彼は思った。それに魚からまた血が流れ出たのだから、他の鮫がいくつも襲ってくるだろう。

身体をえぐり取られた魚を、今は見る気になれなかった。魚が襲われているとき、まるで自分が襲われているようだった。

だが、魚を襲った鮫をおれは殺してやったんだ、彼は思った。それに、やつはこれまで見たなかで一番でかいデンツーソーだった。大きなやつは何度も見かけたが。

あまりいいことは長続きしない、彼は思った。今ではこれが夢で、決して魚を引っ掛けたりしないで、一人で新聞紙を敷き詰めたベッドで寝ていた方がどんなに良かったか。

「だけど、人間は負けるために造られているんじゃない」彼は言った。「人間はめちゃめちゃにやられるかもしれないが、負けはしない」だが、申し訳ないことに、おれは魚を殺してしまった、彼は思った。今やひどい目にあわなくちゃならないときが近づいている。それに銛さえないときてる。デンツーソーは情け容赦なく、頭がよくて力も強い、それに知能が高い。だが、知能が高いのはおれの方だ。いや、そうじゃないかもしれない、彼は思った。多分おれの方がましな武器を持っているだけなんだ。

「考えるな、爺さん」彼は口に出して言った。「このまま舟を進め、そのときが来たら考えればいいんだ」

でも、考えなくちゃだめだ、彼は思った。これだけが、おれに残されているものだ。それと、野球もあったじゃないか。大ディマジオは、やつの脳髄をぶん殴ったのを、どれくらい気に入ってくれるだろうか。別に大したことじゃないけど、彼は思った。そのくらいならだれだってできるだろう。だけど、おれの両手は骨棘と同じくらいの大きなハンデだと思わないかい。おれにわかるはずないじゃないか。なにせ踵を痛めたことがないんだから。ただ、泳いでいてアカエイ[*82]を踏みつけたとき、そいつがおれの踵を刺して、脚の下の方が麻痺して堪えがたいほど痛んだことがあった。

「もう少し楽しいことを考えたらどうだ、爺さん」彼は言った。「今や刻一刻と港に近づいているんだ。四十ポンドも肉を失って、軽快に舟が進んでいるんだから」

彼はメキシコ湾流の内側に入ったとき、どんなことが起こるのかよくわかっていた。だが、今は手の打ちようがなかった。

「いや、あるじゃないか」彼は口に出して言った。「オールの取っ手にナイフを縛りつけておける」

そこで、舵の柄を小脇に抱え、帆脚綱(ほきゃくづな)[*83]を踏みつけて、その作業をおこなった。

「やれやれ」と彼は言った。「おれは相変わらずの年寄りだが、武器がないわけじゃない」

今では風がかなり強く吹いていた。舟は順調に進み続けた。魚の頭の方だけを見ていたので、希望が幾らか戻ってきた。

希望を抱かないなんてばかだ、彼は思った。その上、罪深いことだ。罪のことなんか考えるな、彼は思った。罪について考えなくても、今は問題山積だ。それに、罪のことなんかまったくわからない。

罪について何も知らないし、信じているのかもわからない。たぶん魚を殺すのは罪なんだろう。おれの生業（なりわい）のために、そして大勢の人に食べ物を供給するのに魚を殺すのだとしても、罪になるのだろう。だけど、そうなれば、あらゆることが罪になる。罪のことなんて考えるな。考えるには遅すぎるし、考えるのを商売にして、金をもらっている連中だっているのだから。罪のことは、そういう連中に考えてもらえばいい。おまえは漁師に生まれついたんだ。魚が魚に生まれついたのと同じだ。聖ペテロ[＊84]だって漁師だった。大ディマジオの父親だってそうだった。

だが、彼は自分が関わったあらゆることに、思いを巡らすのが好きだった。読む物もなく、ラジオもなかったので、大いに考え、罪について考え続けた。魚を殺したのは、なんとなく生きて、食い扶持（ぶち）を得るためだけじゃない、彼は思った。漁師の誇りにかけて殺したんだ。漁師だからああしたんだ。あいつが生きているときは、あいつを愛していたし、仕留めた後でも愛していた。愛しているなら、殺したって罪にならない。それとも、罪より重いものがあるというのだろうか。

「おまえは考えすぎだ、爺さん」彼は口に出して言った。

だけど、おまえはデンツーソー殺しを楽しんでいたじゃないか、彼は思った。おまえと同じで、あいつは生きた魚を喰って生きているんだ。ある種の鮫と違い、腐肉を漁るわけでもないし、単なる大飯喰らいの化物というわけでもない。美しくて、気品があり、まったく恐れを知らない。

「殺したのは自分を守るためだ」老人は口に出して言った。「それも、見事に仕留めたじゃないか」

それに、彼は考えた。あらゆるものが何らかの形で他の生き物を殺している。魚を獲って生かしてもらっているように、魚を獲っていて命取りになることだってある。あの子のおかげでおれは生きているんだ、彼は思った。あまり自分をごまかしてはだめだ。

彼は舟べりから身を乗り出して、鮫が喰いちぎってしまった箇所の肉をむしり取った。噛んでみると、その肉の質と味が素晴らしいことに気づいた。牛肉のように身がしまっていて肉汁もたっぷりあるが、赤身の肉とは違う。筋だらけのところがなく、市場で最高の値が付くのがわかった。だけど、この匂いが海中に広がらないようにする方法なんてありはしない。老人は最悪の事態が近づいているのがわかっていた。風が相変わらず吹いていた。さらに風向きが少し変わって北東に吹いていたので、こうなると風が止むことなく吹き続くのがわかった。老人は前方を見た。だが、帆船はまったく見えなかったし、他の船の姿も見えなかった。また、それらしい煙も見えなかった。ただ見えたのは、彼が乗った舟の舳先から飛び立って、舟の両側に飛び去っていくトビウオと、点在する黄色いホンダワラだけだった。小鳥さえ見えなかった。

彼は二時間小舟を走らせた。船尾で休息して疲れを癒し、ときにはマーリンの肉をちょっと噛んで、ひと休みしては力をつけようとした。そのとき二匹の鮫の最初の一匹が見えた。

「アイー」[*85]彼は口に出して言った。このひと言を別の言葉で言い表すことはできないが、おそらくは釘が両手を打ち抜いて、十字架の木部に深く突き刺さったのを感じて、心ならずも男の口から出てしまうただの叫び声にすぎなかった。

「ガラーノ[*86]のやつ」と口に出して言った。今や一匹目の背後に、二匹目の鮫が近づいてくるのが見えた。茶色い三角形の背びれをして、尻尾を大きな弧を描いて動かすことから、老人はシャベル状の頭をした鮫だと見定めた。やつらは匂いを嗅ぎ取って大騒ぎをし、愚かにも空腹のあまり臭跡を失っては、大騒ぎをしたあげく臭跡を見つけ出すのだった。だが、やつらはその間ずっと迫ってきていた。

老人は帆脚綱をしっかり繋ぎ止め、舵の柄が動かないようにした。それからナイフを縛りつけておいたオールを持ち上げた。両手が痛くて思うに任せず、できる限りそっと持ち上げるしかなかった。次にオールを持ったまま、そっと手を開いたり閉じたりして、手のこわばりをほぐした。今や両手が苦痛に堪え、ひるむことがないよう、きつく両手を握りしめ、二匹の鮫が接近するのをじっと見ていた。すぐに幅広で平らなシャベルのように先のとがった頭と、先端が白くなった幅広の胸びれが見えた。やつらは憎むべき鮫で、嫌な臭いがして、シャチ(*87)と同じように腐肉を漁ったりもする。だから、腹が減っていれば、オールとか舟の舵をかじってしまうだろう。こうした鮫が、ウミガメが海面でぐっすり眠っているると、その脚やひれ状の足を喰いちぎってしまうのだ。もし腹をすかしていれば、たとえ魚の血や粘液の匂いがしなくても、海中にいる人間にだって襲いかかるだろう。

「アイー」老人が言った。「ガラーノだ。さあこい、ガラーノめ」

やつらがやってきた。だが、アオザメとは違うやり方でやってきた。一匹は向きを変えると小舟の下に入って見えなくなった。それで、そいつが急に動いて魚をぐいと引っ張ると、小舟が揺れるのがわかった。もう一匹は黄色い切れ長の目で老人を見つめていたが、やがて半円形の顎を大きく開いて、素早く魚を目指してやってくると、すでに喰いちぎられているところに喰いついた。茶色の頭と背中の上に一本の線がはっきり見えた。そこは脳髄と脊椎が繋がっているところで、老人はその継ぎ目にオールに縛りつけておいたナイフを打ち込んだかと思うと、今度はそれを引き抜いて、鮫の黄色い猫のような両の目に突き刺した。鮫は喰いついていた魚を放すと、命脈が尽きようとしているのに、喰いちぎった肉を飲みこみながら、海中深くずるずる沈んでいった。

小舟は相変わらず揺れていたが、残ったもう一匹が魚に喰らいついているためで、老人は繋ぎ止めていた帆脚綱を放して、舟が横揺れして舟の下にいる鮫をおびき出せるようにした。鮫の姿が見えると、舟べりから身を乗り出して、打ちかかった。老人が一撃を加えたのは肉の部分だけで、皮はカチカチで、ほとんどナイフを突き刺せなかった。思い切って殴打したせいで、手だけでなく肩も痛めてしまった。だが、鮫は頭を海面から突き出して、素早く

浮き上がってきた。そこで鮫の鼻が海面に出て魚の脇腹に触れたとき、平たくなった頭の中心に真っ向から一撃を加えた。老人はナイフを引き抜くと、再び寸分違わぬところに撃ちかかった。鮫は相変わらず顎を固く閉じて、噛みついたまま魚を離さない。そこでナイフでそいつの左目を突き刺した。鮫はそれでも魚を離さないでいる。

「だめか」と老人は言って、脊椎と脳髄の間にナイフを突き刺した。今度は簡単に突き刺せた。軟骨が裂けたのがわかった。老人はオールの上下を逆にして持ち替えると、ナイフを鮫の顎の間に押し込んで、口をこじ開けようとした。ナイフをねじると、鮫がその場から滑るようにするっと離れていった。「どんどん沈んでいくんだ、ガラーノめ。一マイルの海底まで滑り落ちていくんだ。おまえの仲間に会いにいけ。おっかさんにも会えるかもしれないぞ」老人が言った。

老人はナイフの刃をぬぐうとオールを下に置いた。それから、帆が風を孕んで帆脚綱がぴんと張っているのを見ると、小舟を帰途に向かわせた。

「やつらは四分の一も、それも一番うまいところを喰いちぎってしまったに違いない」彼は口に出して言った。「これが夢で、魚なんか釣り上げなければよかった。魚よ、申し訳ない気持ちで一杯だ。これで何もかもひどいことになってしまった」彼はこれ以上口に出さなかった。もう魚を見たくなかった。血を奪われ、波間に漂っていると、魚は銀色をした鏡の裏張りの色に見えたが、縞模様は相変わらず見える。

「魚よ、こんなに遠くまで来るんじゃなかった」彼は言った。「おまえのためにも、おれのためにも。すまなかった、魚よ」

今や彼は心の中でつぶやいていた。ナイフを縛りつけた紐を見て、傷んでいないか確かめるんだ。それから手の調子を整えておくんだ。これから先も、もっと襲ってくるからな。

「ナイフを研ぐ砥石があればよかった」老人はオールの取っ手に縛った紐を点検してから言った。「砥石を持ってくればよかった」いろんなものを持ってきていればよかったんだ、彼は思った。だけど、持ってこなかったじゃないか、爺さん。この期に及んで、ないもののことを考える暇なんてないんだ。持っているもので何ができるか考えることだ。

「いろいろいい助言をしてくれたな」彼は口に出して言った。「だが、もううんざりだ」

彼は舵の柄を小脇に抱え、海水に両手を浸した。小舟は目的地を目指して進んでいた。

「さっきのやつがどのくらい盗んでいったかわからない」彼は言った。「だけど、今ではずっと軽くなった」喰いちぎられた魚の下腹のことは考えたくなかった。鮫が飛び上がって魚に突き当たるたびに、肉が喰いちぎられ、今ではあらゆる鮫のために、魚が海を貫く一本の主要道路のような幅広の臭跡を残していったのがわかった。

この魚があれば、ひと冬まるまる食べていけるんだ、彼は思った。そんなことは考えるな。十分休んで、残っている魚の肉を守るのに両手の調子を整えるだけでいい。おれの手の血の匂いなんて、海中に流れ出たすべての血の匂いと比べれば、今ではなんの意味もない。そのうえ、手はたいして出血していない。問題になるような切り傷も何もない。出血していれば、左手の引きつりを防いでくれるかもしれない。

こんなときに、何を考えろっていうんだ、彼は思った。何もない。何も考えずに、今度やってくるやつを待つんだ。本当に夢だったらどんなによかったか、彼は思った。だけど、先のことはだれにもわからない。いい方に転んでいたかもしれないし。

次にやってきたのは、一匹のシャベル状の顔をした鮫だった。やつは飼い葉桶に向かう豚さながらにやってきた。もっとも、その桶に頭を突っ込めるほど大きな口の豚がいたとしての話だが。老人は魚を襲わせておいて、オールに縛っておいたナイフを鮫の脳髄に突き刺した。だが、鮫がのたうち回りながら素早い動きでのけ反ったので、ナイフの刃が折れてしまった。

老人は舵を取った。大きな鮫がゆっくりと水中に、初めは等身大の姿を見せて、やがて小さくなって、そしてついにはちっぽけになって沈んでいくのを見ようとさえしなかった。いつもならその光景にうっとりしたのだが、今回は一瞥さえしなかった。

「おれには鉤竿がある」彼が言った。「だが、役に立たないだろう。まだ二本のオールと舵の柄、それに短いこん棒だってある」

こっぴどくやられてしまった、彼は思った。この歳じゃ、やつらをこん棒で叩きのめして殺すのは無理だ。だが、二本のオールと短いこん棒と舵の柄がある限り、やり通して見せる。

再び両手を海水に浸した。午後もだいぶ遅い時刻になっていて、海と空のほかは何も見えなかった。上空はこれまで以上に風が吹いていて、もうすぐ陸地が見えるだろうと思った。

「疲れたろう、爺さん」彼は言った。「心がズタズタだ」

次に鮫が襲ったのは、まさに日が暮れようとしているときだった。

老人は茶色い背びれがやってくるのを見た。やつらは魚が海中に残した幅広の臭跡に沿ってやってきたのだった。やつらは臭跡を探してあちこち泳ぎ回りさえしなかった。二匹の鮫が並んで、まっすぐに小舟を目指してやってきた。

彼は舵の柄を動かないようにして、帆脚綱をしっかり結びつけると、船尾の下に手を伸ばしてこん棒を取ろうとした。それはオールの取っ手の部分で、壊れたオールを鋸で切って、約二フィート半の長さにしたものだ。取っ手がついているので、こん棒を効果的に操るには片手しか使えなかった。右手でこん棒をしっかり握ると、握った方のこぶしを開いたり握ったりしながら、鮫が接近してくるのを見守った。二匹ともガラーノだ。まず最初にきたやつにしっかり喰いつかせておいて、鼻面かすぐ上の脳天を叩かなくては、彼は思った。

二匹の鮫はぴったりくっついてやってきた。最接近してきたやつが顎を開けて、銀色をした魚の横腹に顎を突き立てるのを見ると、こん棒を高く振り上げ、激しく振り下ろし、幅広の鮫の頭のてっぺんを猛然とたたいた。こん棒を打ち下ろしたときの感触は、ゴムのように弾力のある硬さだった。だが、骨のような硬さもあった。そこで、鮫の頭のてっぺんをもう一度ありったけの力で叩くと、喰いついていた魚を放して沈んでいった。

もう一匹は魚に喰らいついたり離れたりしていたが、今度は再び顎を大きく開いてやってきた。鮫が魚にぶち当たって顎を閉じたとき、幾つかの肉片が白くなって、鮫の顎の両端からこぼれ出るのが見えた。

鮫に向かってこん棒を振り回すと、頭だけを叩いた。すると鮫はまじまじと老人を見て、咥えていた肉片を放した。鮫が潜って放した肉片を飲み込もうとしたとき、もう一度鮫を目がけてこん棒を打ち下ろしたが、ごつごつしていて硬いことは硬いが弾力のあるゴムを叩いた感じしかしなかった。

「さあこい、ガラーノ」老人は言った。「もう一度、喰いにこい」

鮫が猛烈な勢いでやってきた。老人が叩くと、鮫は顎を閉じた。したたかに、こん棒をできるだけ高く振り上げ、撃ち据えたのだった。今度は脳髄の付け根にある骨を叩いた感触だったので、もう一度同じところを打ち据えた。鮫は力なく肉をむしり取ると、魚から離れ沈んでいった。

老人は鮫がもう一度、浮き上ってくるのか目を凝らしていたが、どっちも姿を見せなかった。その後すぐに、一匹が海面で何度も輪を描いて泳ぐのが見えた。もう一匹の背びれは見えなかった。

やつらを殺すなんて到底無理だ、彼は思った。若いときだったら殺せたろうに。でも、やつらを手ひどく痛めつけたし、どっちも気分がいいわけがない。もし両手でバットが使えたら、間違いなく最初のやつは殺せていただろう。今だってやれたはずだ、彼は思った。

彼は魚を見るに忍びなかった。半分は喰いちぎられてしまったのがわかっていた。鮫と闘っている間に、日は沈んでしまっていた。

「すぐに暗くなるな」彼は言った。「そうなれば、きっとハバナの明かりが見えるだろう。東の方にうんと逸れているとしても、行ったことのないどこかの浜辺の灯が見えるだろう」

もうそんなに遠く離れているわけじゃない、彼は思った。だれも心配していなければいいんだが。もちろん、あの子だけは心配してるだろうな。でも、きっとあの子は信じているさ。大方の年配の漁師たちは心配していることだろう。ほかの連中たちもみなそうだ、彼は思った。おれはいい町に住んでいる。

彼はもはや魚に話しかけられなかった。魚がこっぴどく痛手を負ってしまったからだ。そのとき、何かがふと頭に浮かんだ。

「半分になってしまった」彼が言った。「ちゃんとした魚だったのに。残念なことに、遠くまで行きすぎたんだ。おまえとおれの双方をめちゃめちゃにしてしまったんだ。でも、おれたちは鮫をたくさん殺したじゃないか、おまえとおれとでな。そして他のやつらもたくさん痛い目にあわせてきた。これまでおまえは何匹殺したんだい、愛しい魚よ。だてに槍のような長い口先をしているわけじゃないだろう」

彼は魚について考えるのが好きだ。あいつが自由に泳ぎ回れたら、鮫にどうやって立ち向かうのか。おれだったらやつと闘うのに、鋭く尖ったくちばし状の吻を切っただろう、彼は思った。だが、手斧はないし、それどころかナイフだってなくなってしまった。

だけど、仮に吻を切って、オールの取っ手に縛り付けていたら、どんなに素晴らしい武器になっただろうか。そうなったら、おれたちは一緒に鮫と闘えたかもしれない。やつらが夜中にやってきたら、今度はどうやって闘えばいいのか。おまえに何ができるんだ。

「闘ってやる」彼は言った。「死ぬまで闘ってやる」

だが、今や暗闇のなかで、町の灯の照り返しも見えず、明かりもなく、ただ風だけがあって、帆が風を孕んで絶え間なく進んでいる。彼はずっと前に死んでしまったんだと感じていた。手を合わせ、手のひらに触った。手は死んでいなかった。手を開いたり閉じたりするだけで、生きている証である痛みがあった。船尾に背中をもたせかけると、そこが痛むので死んでいないことがわかるのだった。

魚を捕まえたら、約束した祈りをすべて唱えることになっていたんだ、彼は思った。ところが、今は疲労困憊でとても無理だ。小麦粉を入れてあった袋を取って、肩にはおった方がよさそうだ。

彼は船尾に横になり、舵を操って、空に町の明かりが見えてくるのを見守った。まだ半分残っている、彼は思った。おそらく、前の半分を持ち帰る運が残っているのかもしれない。いくらか運に恵まれているはずだ。とんでもない、彼が言った。遠出をしすぎて、運を台無しにしてしまったじゃないか。

「くだらんことを言うな」彼は口に出して言った。「眠らずにしっかり舟を操るんだ。まだ運がたくさん残っているかもしれない」

「どこかに運を売っている店があるなら、いくらか買いたいものだ」彼は言った。

何と引き換えに運を買えるのだろうか、彼は自問した。なくしてしまった銛や壊れたナイフ、それとこの傷ついた二本の手と引き換えに買えるだろうか。

「買えるかもしれない」彼が言った。「なにしろおまえは、漁に出て不漁だった八十四日間と引き換えに、運を買おうとしてたんだから。もう少しで売ってくれるところだったじゃないか」

くだらんことを考えてはだめだ、彼は思った。運っていうやつは、いろんな形でやってくるものだ。そもそも、運が訪れたことに気づくやつなんているのだろうか。それでも、どんな形だろうと、おれは運を掴んで、求められる代価を支払いたいものだ。町の明かりが輝いているのが見えたらいいのに、彼は思った。おれはあまりに多くを望みすぎる。だが、これこそ今、一番望んでいることだ。彼はもっとゆったり座って、舵を操ろうとした。すると、身体の痛みで死んでいないことがわかった。

夜の十時頃だったに違いないが、町の明かりが照り返して輝いているのが見えた。月が昇る前の空に、ほんの少しだけ光が見えるように、初めは町の明かりがかろうじて見えるだけだった。やがて、次第に強まった風の影響で、今ではうねりを増した大海原の向こうに、町の明かりが間断なく見えるようになった。彼はその光の見えるところで舵を操り、今こそもうすぐメキシコ湾流の縁にぶつかるに違いないと思った。

これでやれやれだ、彼は思った。おそらく、またやつらは襲ってくるだろう。だが、人間が、武器もなく真っ暗闇のなかで、何ができるんだ。

今や身体がこわばって痛かった。いくつもの傷や痛めた筋肉が、夜の寒さで痛んだ。もう一度闘わなくてすむならありがたいのだが、彼は思った。おれの切なる願いは、もう二度と闘う必要がなくなることだ。

しかし、夜半までに彼は闘った。そして今度ばかりは無益な闘いだと悟った。やつらは群れをなしてやってきた。見えたのは、背びれが水面に描き出す幾筋かの直線と、大魚に襲いかかるたびに発する燐光だけだった。棒切れで頭をいくつも叩くと、小舟に括りつけてある魚の下腹に喰らいついて獲物を喰いちぎる顎の音と、小舟が揺れて軋る音が聞こえた。ただ感覚と音を頼りにしゃにむに叩くだけだったが、何ものかにこん棒を引っ掴まれたかと思うと、こん棒は消えてなくなってしまった。

彼は舵の柄を引き抜くと、その柄を両手で握り、何度も何度も打ち下ろし、続けざまに打ちすえたり叩いたりした。だが、やつらは今度は舳先の方にやってきて、代わる代わる、ときには一丸となって獲物に襲いかかり、いくつもの肉片に噛み切っていたが、その肉片は、やつらが向きを変えてもう一度やってくるころには、眼下で光を放っているように見えた。

最後に、一匹が頭を目がけてやってきた。これで終わりなのがわかった。彼は鮫の頭を狙って舵の柄を振り回したが、そこは喰いちぎろうとしても喰い切れない重たい魚の頭に、鮫の顎が食い込んではずれないところだった。舵の柄を一度、二度、そしてもう一回振り回した。舵の柄が折れる音がして、今度は裂けたオールの取っ手の部分で鮫を突き刺した。突き刺さった手ごたえがあって、よく刺さることがわかると、もう一度突き刺した。鮫は獲物を放し、のたうち回って遠ざかっていった。これが最後にやってきた鮫の一団だった。これ以上喰えるものは何も残っていなかった。

老人はほとんど息ができなかった。口の中が変な味がしていた。銅を舐めたような甘酸っぱい味だ。一瞬、心配になったが、それほど気にならなかった。

海に唾を吐くと、言った。「これでも喰らえ、ガラーノ。そうして人間を殺した夢でも見るんだ」

彼は今、とうとう完膚なきまでにやられたのだと悟った。船尾に戻ると、折れてギザギザになった舵の柄の先端が、舵を操るのに十分なくらいぴったり舵の細長い穴に入るのに気づいた。彼は小麦粉を入れてあった袋を上背部にはおり、小舟を帰途に向かわせた。今や軽快に小舟を進めていたが、何も考えず、何の感慨も抱いていなかった。今ではすべてを超越し、ひたすら、できるだけ上手に、しかも賢く小舟を操り、故郷の港へたどり着こうとしていた。夜中に、テーブルからパンくずを拾い集めるように、鮫が何匹も骨だけになった魚の残骸に襲いかかった。老人はやつらに目もくれなかった。実際、何も気に留めず、ひたすら舵を操るのに専念していた。唯一老人が気づいたのは、横に繋いであった負荷がなくなってしまい、なんと軽快に、そしてどんなに首尾よく小舟が進むのか、ということだった。

小舟の調子はいい、彼は思った。傷んだところはないし、損傷を受けたのは舵の柄だけだ。そいつは簡単に取り換えられる。

もうメキシコ湾流の内側に入っているのがわかった。そして海岸沿いに浜辺の町の明かりが見える。自分が今どこにいるのかわかった。何の差し障りもなく家に戻れる。ともあれ、風は味方だ、彼は思った。それから、ときと場合によってだが、と付け加えた。そして大海もそうだが、そこにも味方と敵がいる。それにベッドだ。ベッドはおれの味方だ。たかがベッドにすぎないけれど、彼は思った。ベッドは役に立つだろう。打ち負かされたときは安らぎ与えてくれる、彼は思った。どんなに安らぎ与えてくれるか、おれは初めて知った。それにしても、何がおまえを打ち負かしたのだ、彼は思った。

「そんなものは何もない」彼は口に出して言った。「遠出をしすぎただけなんだ」

小さな港に入ったとき、テラス食堂の明かりが消えていて、だれもが眠りに就いているのがわかった。ずっと浜風が吹いていて、今は強く吹いていた。それでも港の中は静かで、彼は岩山の手前の小石がごろごろしている浜辺に小舟をつけた。手伝ってくれる者はいない。そこで、一人でやれるだけ遠くまで小舟を引き揚げた。やがて舟から出ると、舟を岩にしっかり繋ぎ止めた。

マストを檣根座からはずすと、帆をマストに巻きつけて、しっかり紐で結んだ。それからマストを担いで登り始めた。まさにそのときだった。自分が疲労の極致に達しているのがわかった。一瞬立ち止まり、振り返ると、町の明かりを反射して、捕らえた魚の大きな尻尾が、小舟の船尾の背後に雄々しく立っているのが見えた。彼が見たのは、魚の背骨がむき出しの真っ白な線とくちばし状の吻が突き出た真っ黒な頭の塊で、頭と尻尾の間にはどこにも肉らしい肉はついていなかった。

彼は再び登り始め、登りきったところで倒れると、マストを肩で担いだまましばらく横になっていた。起き上がろうとしたが、身体が思いどおりにならず、マストを担いだ

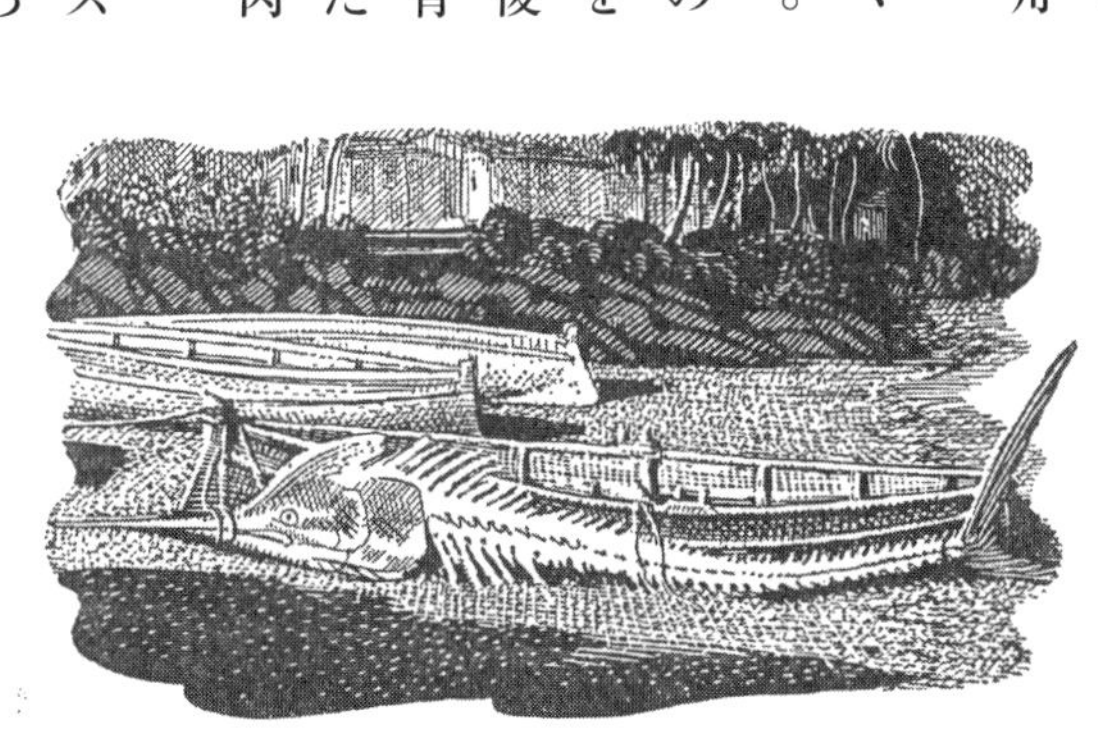

ままその場にしゃがみこみ、道路を眺めた。一匹の猫が道の向こう側を用事でもあるかのように通りすぎていったが、老人はそれを見守っていた。それから、道路をじっと見つめた。

ようやくマストを下に置くと、立ち上がった。それからマストを拾い上げ、肩に担いで歩き始めた。自分の小屋に辿り着く前に、五回もしゃがみ込まなくてはならなかった。

小屋に入ると、マストを壁に立てかけた。真っ暗闇のなかで、水を入れた瓶を見つけ、一口飲んだ。それからベッドに横になった。毛布を肩にかけ、それから背中と脚の上にかけた。新聞紙を敷き詰めたベッドにうつぶせになると、腕をまっすぐ伸ばし、手のひらを上にして眠った。

朝になって、少年が戸口から覗くと、彼はぐっすり眠っていた。風が激しく吹いていて、乗り込む予定の流し網漁の船は出漁しないものと見込んで、少年は寝坊したのだが、毎朝やっているように老人の小屋にやってきた。老人が息をしているのがわかったが、老人の手を見て泣き出してしまった。そっと外に出て、コーヒーをもらいにいったが、道すがらずっと泣いていた。

たくさんの漁師が小舟の周りに集まって、舟べりに繋いである得体が知れないものを見ていた。ひとりは、ズボンをたくし上げ、水の中に入って、一本の長い紐で骨だけになった魚の長さを測っていた。

少年は浜に降りていかなかった。そこへはさっきいったばかりだった。ひとりの漁師が少年に代わって小舟の手入れをしていた。

「爺さん、どんな具合だい」と別の漁師が大声で言った。

「寝ているよ」少年は大声で言った。自分が泣いているのを見られても平気だった。「そっとしといてやって」

「鼻先から尻尾まで十八フィート(*88)もある」魚の長さを測っていた漁師が大声で言った。

「あたりまえだよ」少年が言った。

彼はテラス食堂へ行って、ひと缶分のコーヒーを頼んだ。

「熱いやつにミルクと砂糖をたくさん入れといて」

「他に何か入用かい」

「今はいいよ。もう少ししたら、どんなものが食べられるかわかるから」

「何て見事な魚なんだ」と食堂のオーナーが言った。「こんな魚、見たためしがない。おまえさんが昨日釣り上げた二匹も、見事なやつだったけど」

「ぼくの魚なんかどうでもいいよ」こう言うと、少年はふたたび泣き始めた。

「何か飲むかい？」オーナーが尋ねた。

「いらないよ」少年が言った。「サンティアゴをそっとしておくようにみんなに言っといて。また戻ってくるから」

「どんなに気の毒に思っているか、伝えておくれ」

「ありがとう」少年が言った。

少年は缶に入れた熱いコーヒーを老人の小屋に持っていき、老人が目を覚ますまで傍に腰を下ろしていた。一度は目を覚ましたように見えた。ところが、ふたたび深い眠りに落ちたので、少年はコーヒーを温めようと道路を横切って薪を借りにいった。

とうとう老人が目を覚ました。

「起き上がっちゃだめだよ」少年が言った。「これを飲みなよ」彼はグラスにいくらかコーヒーをついだ。

老人はグラスを受け取って飲んだ。

老 人 と 海

「こっぴどくやられたよ、マノリン」彼は言った。「本当にやられてしまった」

「やられてなんかいないよ。魚にやられたんじゃない」

「そうだ。本当だ。あとがいけなかったんだ」

「ペデリコが小舟と漁具の手入れをしてくれてるよ。あの頭、どうする」

「ペデリコに切り刻んでもらって、筌(うえ)(*89)に入れて魚を捕まえるのに使えばいい」

「槍のように長く突き出た口先はどうする」

「ほしいなら、やるよ」

「ほしいな」と少年が言った。「他のことも、いろいろ考えなくちゃ」

「おれのことを捜索したかい」

「もちろんだよ。沿岸警備隊とか飛行機で」

「海はとても広いし、小舟が小さいときたら、見つけるのが大変だ」老人が言った。話し相手がいるってどんなに楽しいか、彼は気づいた。これまでは、もっぱら自分と海に話しかけるだけだった。「おまえがいなくて、本当に寂しかったよ」彼が言った。「何を捕まえたんだい」

「初日に一匹。二日目も一匹、そして三日目は二匹さ」

「いい出来じゃないか」

「これでまた一緒に漁にいけるね」

「だめだ。おれには運がない。運にすっかり見放されてしまったんだ」

「運がなんだっていうの」少年が言った。「運なら持ってってあげるよ」

「おまえの親がなんて言うか」

「そんなの関係ないよ。昨日は二匹釣ったしね。でも、これからは一緒にいくさ。まだ習うことが一杯あるんだから」

「切れ味の鋭いやす[*90]を手に入れて、いつだって舟に置いておかないとな。古いフォードの板バネで刃が作れる。グアナバコア[*91]で研磨してもらえるからな。切れ味が鋭くなくちゃだめだけど、焼きを入れて鍛えないとすぐ折れてしまう。おれのナイフは折れてしまった。

「別のナイフを手に入れて、板バネを研いでもらってくるよ。あとどのくらい貿易風(ブリーサ)が強く吹くのかな?」

「たぶん三日かな。もっと吹くかも知れない」

「ぼくが全部準備しとくから」少年が言った。「手を治しといてよ、じいちゃん」

「手当の仕方はわかってるさ。夜に奇妙なものを吐いて、胸のどこかを痛めた気がしたんだ」

「そこも治しといてね」少年が言った。「横になっててね、じいちゃん。着替えのシャツを持ってくるから。それに食べ物も」

「どの日でもいいから、おれが留守だったときの新聞を頼む」老人が言った。

「早く治してよ。学ぶことが一杯あるし、じいちゃんは何だって教えられるんだから。どれくらいひどい目に遭ったのさ」

「大変だった」老人が言った。

「じゃあ食べ物と新聞を持ってきてあげるから」少年が言った。

「よく休んでてよ、じいちゃん。薬局で手につける塗り薬を買ってくるから」

「忘れずにペデリコに言っといてくれよ。頭はおまえにやるからって」

「わかってるよ。決して忘れないさ」

戸口から出て、踏みならしたサンゴを敷き詰めた道路を歩きながら、少年はまたもや泣いていた。

その日の午後、テラス食堂に旅行者の一団がやってきた。一人の女性が空のビール缶や死んだバラクーダ(*92)が浮かんでいる海面を見下ろしていて、最後尾に巨大な尻尾がついた、とてつもなく長い真っ白な脊柱に気づいた。それが、外海で東風が絶え間なく大きなうねりを立てている間、潮流のまにまにゆらゆら揺れ動いていた。

「あれなあに」と彼女は給仕に尋ね、潮流に乗って外海に出ていくのを待つ他ない生ごみにすぎない巨大な魚の長い背骨を指さした。

「ティブロンが」給仕が言った。「鮫が」彼は何が起こったか説明するつもりだった。

「知らなかったわ。鮫があんなに素敵な、きれいな形をした尻尾をしてるなんて」

「ぼくもだ」連れの男が言った。

道路をずっと行ったところの小屋では、老人がもう一度深い眠りに落ちていた。相変わらずうつぶせになったままだ。少年がそばに腰を下ろして、見守っていた。老人はライオンの夢を見ていた。

『老人と海』訳註

（＊1）**釣綱**（line or cord）＝本作品では、いわゆる日本語で一般に釣糸にあたるものに line または cord という語が当てられている。line は「(細くて強度のある) 糸、ひも、細綱、細縄」を指し、cord は一般に周囲一／二インチ（一・二七センチ）以上一インチ（二・五四センチ）未満の太さで、何本かの糸を撚り合わせて作る「太いひも、細引き」等を指す。本編では老人が仕留める大魚には cord が、その他の魚には line が用いられているが、両者とも日本語の釣り糸という訳語では太さを表現しづらく、よりイメージの近い「釣綱」を両者の訳として用いている。

（＊2）**鉤竿**（かぎざお）（gaff）＝大きな魚を陸揚げする場合や海中から船に引き揚げるときに、獲物に引っ掛けて引き寄せるのに用いる漁具。長い木製の柄の先端に鉄製の鉤がついている。

（＊3）**銛**（harpoon）＝先の尖った金具に長い木製の柄を付けた漁具で、魚介類や鯨などを突き刺して捕獲するのに用いる。

（＊4）**サンティアーゴ**（Santiago）＝老人の名は「サンティアゴ」だが、ここでは少年が彼の名を呼んでいるため、アクセントのある「ア」が長音気味になるので「サンティアーゴ」としてある。

（＊5）**マーリン**（marlin）＝マカジキ。マカジキ科マカジキ属の暖かい海に生息する魚類の総称。生息場所は二〇〇メートル以上の深海で、多くはインド洋、太平洋、大西洋の暖海に広く分布している。約十種類がいるとされるが、本作品では大西洋の温暖な海に住む魚類の総称としてのmarlinが、捕らえた魚を指す場合に用いられ、クロカジキ（black marlin）、ニシクロカジキ（blue marlin）、バショウカジキ（sailfish）等の具体名は使用されていない。大型種になると全長四メートル以上、体重七〇〇キロに達する。小型種でも成魚は一メートルを越える。上顎が剣のように長く鋭く伸びて円錐形の槍型をした吻を形成している。かかったときに強く抵抗するため、大物釣りの最高の対象である。

（＊6）**腰掛梁**（thwart）＝ボートの漕ぎ手が腰かける横木。漕ぎ手座ともいう。

（＊7）**シイラ**（dolphin）＝シイラ（鱰）科の魚類の総称。dolphinfishともいう。体の背面は緑褐色、腹面は黄褐色で美しいが、水揚げ後は灰色に変色する。側面と背面に小黒点が点在している。成魚は体長二メートル、体重四〇キロに達する。

（＊8）**モスキート海岸**（Mosquito Coast）＝中米、ホンジュラス東部からニカラグア北東部にかけてのカリブ海に臨む地方。

（＊9）**イエスの聖心**（the Sacred Heart of Jesus）＝十八世紀に起こったローマ・カトリック教の信心で、槍で貫かれたキリストの心臓を、キリストの人類に対する愛と犠牲の象徴として特別の信仰を捧げること。

（＊10）**コブレの聖処女**（the Virgin of Cobre）＝キューバの東南部に位置する第二の都市、サンティアゴ・デ・クーバの西二十キロにあるコブレの聖母寺（エルコブレ教会）に安置されているキューバ人の守護神、褐色の聖母マリア像のこと。聖母像は三十五センチほどの高さで、幼子イエスを左の腕で抱きかかえた黄金のマントをまとった聖母が祭壇の中央部に安置されている。コブレの聖母寺はキューバ人の聖地であり、その聖母像は最も崇められている。

（＊11）**イエローライス**（yellow rice）＝スペインやキューバなどの伝統的な黄色い米の料理。白米にベニノキの種子やサフランの雌蕊（めしべ）、ウコンの根茎からとる黄赤色染料を用いて作る。

（＊12）**ヤンキース**（the Yankees）＝米国メジャーリーグ American League 所属の球団で、正式名は the New York Yankees。リーグ優勝四十回。ワールドシリーズ優勝二十七回。ヤンキースタジアムが新球場として開場された二〇〇九年に、最高殊勲選手になった松井秀喜の活躍もあり、二十七度目のワールドチャンピオンになったが、それ以降リーグ優勝からも遠ざかっている。

（＊13）**クリーブランド・インディアンズ**（the Indians of Cleveland）＝米国メジャーリーグ American League 所属の球団。一九一五年から二〇二一年までこの球団名を名乗っていたが、二〇二二年のシーズンから球団名をクリーブランド・ガーディアンズ（Gurdians）に変更。なお、ガーディアンズは市内のホープメモリアル橋の傍にある「交通の守護神像（Guardians of Traffic）」に由来。リーグ優勝六回、ワールドシリーズ優勝二回。

（＊14）**ディマジオ**（Joe DiMaggio, 1914-99）＝ヤンキースの外野手。一九三六年にメジャーデビュー。ベーブ・ルース、ルー・ゲーリックが引退した後、名実ともにヤンキースの代表的選手としてだけでなく、メジャーリーグのスーパースターになる。一九四一年に達成した五十六試合連続安打は、現在も破られていない。第二次世界大戦に従軍し三年間のブランクがあったため、実働期間は十三年で一九五一年に引退した。一九五四年一月に女優マリリン・モンローと結婚し、同年二月に新婚旅行で日本を訪れたことでも知られている。「骨棘」の項（＊68）、参照。

（＊15）**デトロイト・タイガース**（the Tigers of Detroit）＝米国メジャーリーグ American League 所属の球団。リーグ優勝十一回。ワールドシリーズ優勝四回。

（＊16）**シンシナティ・レッズ**（the Reds of Cincinnati）＝米国メジャーリーグ National League 所属の球団。一時シンシナティ・レッドレッグス（一九五四～五八）と名乗ったが、一九五九年より旧名に改称。リーグ優勝九回、ワールドシリーズ優勝五回。

（＊17）**シカゴ・ホワイトソックス**（the White Sox of Chicago）＝シカゴホワイトストッキングズのチーム名で創設された米国メジャーリーグ American League 所属の球団。一九〇四年に現在のチーム名に改称。リーグ優勝六回、ワールドシリーズ優勝三回。

（＊18）**軍用毛布**（army blanket）＝第二次世界大戦中にアメリカ陸軍の医療施設で使用していた毛布のこと。

（＊19）**アトゥエイ・ビール**（Hatuey beer）＝スペインからキューバへ移住してきたファクンド・バ

カルディ（Facundo Bacardi）が一八六二年に設立した世界最大のラム酒蒸留会社であるバカルディ社が、一九四八年に製造・販売した。ブランド名のアトゥエイは、一五一二年にスペインの征服者たちに抗い決死の抵抗運動を行った勇者の名。

（＊20）**ブルックリン**（・ドジャーズ）（the Brooklyn Dodgers）＝ニューヨークのブルックリンを本拠地にした米国メジャーリーグ National League 所属の球団。ブルックリン・ロビンス等をチーム名にした後、一九三二年から五七年までブルックリン・ドジャーズ。一九五八年、ロサンゼルスへの本拠地移転に伴い、ロサンゼルス・ドジャーズに改称。リーグ優勝二十四回、ワールドシリーズ優勝七回。

（＊21）**フィラデルフィア**（・フィリーズ）（Philadelphia Phillies）＝米国メジャーリーグ National League 所属の球団。リーグ優勝八回、ワールドシリーズ優勝二回。

（＊22）**ディック・シスラー**（Dick Sisler, 1920-98）＝一九四六年から八シーズン、セントルイス・カージナルス、フィラデルフィア・フィリーズ、シンシナティ・レッズでプレーした。七九九試合に出場し、通算七二〇安打、生涯打率二割七分六厘の記録が残っている。ディックは一九四五年〜四六年度のキューバのウインターリーグに参加し、一九四六年一月二十三日にトロピカル・スタジアムの四五〇フィートの防御柵を越えて隣の醸造所の壁に当たる特大ホームランを打ち、その翌日の試合ではニューヨーク・ジャイアンツの投手で同リーグに参加していたシエンフエゴス所属のサル・マグリーから三本塁打を打っている。作中の「こっちの球場で何本も打った物凄いホームラン」(those great drives at the old park)とは、この四本塁打のこと。

(＊23)**大シスラーの親父**(The great Sisler's father)＝ジョージ・シスラー(George Sisler, 1893-1973)のこと。一九一五年にセントルイス・ブラウンズ(一九五四年ボルチモアに移転、オリオールズに改称)入団。息子のディック・シスラーが誕生した一九二〇年に記録したシーズン二五七安打は二〇〇四年にイチローに破られるまで八十四年間メジャー・リーグ記録だった。通算十五年で二八一二安打、打率三割四分を記録した。この great は記録からすれば Sisler's father を修飾すると考えられるが、彼らが実際に目の前で特大ホームランを目撃したのであれば、「おらが町のヒーロー」として、息子を修飾しているとも取れる。

(＊24)**横帆式の船**(square rigged ship)＝帆が船の中心線と一点で十文字または筋交いに交わった船。風の方向が一定している季節風を利用して長距離を移動するのに適している。

(＊25)**ジョン・J・マグロー**(John J. McGraw, 1873-1934)＝一八九一年にオリオールズに入団するも一九〇一年ニューヨーク・ジャイアンツに移籍。一九〇二年から一九三二年まで三十一年間ジャイアンツ(現サンフランシスコ・ジャイアンツ)の監督を務めた(一九〇六年まではプレイング・マネジャーだったが、一九〇三年以降はほとんど監督に専念)。その間、十度のリーグ優勝、二度のワールドシリーズ優勝を達成。

(＊26)**ドローチャー**(Leo Durocher 1905-1991)＝一九三九年から四六年までと四八年にブルックリン・ドジャーズの監督を務め、就任三年目の四一年にチームをナショナルリーグ優勝へ導いた。一九四七年の開幕直前に女優の Laraine Day（1920-2007）と駆け落ちしたことが判明し、一九四七年のシーズンは出場停止処分になった。

（＊27）**ルケ**（Adolpho Luque 1890-1957）＝キューバ、ハバナ生まれの大リーグの投手。シンシナティ・レッズやニューヨーク・ジャイアンツ等で活躍し二十年間で通算一九四勝一七九敗。引退後、ニューヨーク・ジャイアンツで投手コーチを務めた（一九三六〜三七、一九四一〜四五）が、大リーグでの監督経験はない。文中の「監督」とはキューバ国内リーグでプレイング・マネジャーを務めたことを指すらしい。

（＊28）**マイク・ゴンザレス**（Mike Gonzalez, 1890-1977）＝キューバ、ハバナ生まれの大リーグのキャッチャーで、カージナルスはじめ五球団で活躍した（一九一二〜三二）。カージナルスで一九三四年から四六年まで長くコーチや監督（一九三八、一九四〇）を務めた。その間四度のワールドシリーズ優勝（一九三四、一九四二、一九四四、一九四六）を達成した。文中の「監督」とは、キューバ国内リーグのプレイング・マネジャーをしたときのことを指すと思われる。ルケ、ゴンザレスの名が監督（manager）として出てくるのは、少年が親から大リーグでの彼らの評判を聞かされて記憶違いをしている可能性がある。

（＊29）**槇肌**（oakum）＝舟、桶などの水漏れを防ぐのに、合わせ目や継ぎ目に詰め込む、槇の内皮を砕いて柔らかい繊維にしたもの。槇の内皮ではなく、古いロープをほぐした目の粗い繊維を船板の合わせ目に詰めて水漏れを防ぐ場合もある。

(＊30)**カナリヤ諸島**(Canary Islands)＝アフリカ大陸の北西の沖合に浮かぶスペイン領の島々。

(＊31)**ロープ**(rope)＝麻、亜麻、針金などを撚り合わせたもので、周囲一インチ以上。釣綱の cord より太くて強い。

(＊32)**ホンダワラ**(Sargasso weed)＝メキシコ湾流や熱帯アメリカ海域でよく見られる海藻。緑褐色で表面が粗く枝分かれしていて、たくさんの球状の空気袋がついている。

(＊33)**七〇〇尋**(seven hundred fathoms)＝約一二八〇メートル。六フィート(一・八二九メートル)で日本の尋(ひろ)に相当。

(＊34)**クロハラアジサシ**(dark tern)＝黒腹鰺刺。カモメ科の一種。体長二十三〜二十九センチ。夏羽は頭上は黒、頬は白色。胸、腹、背中は灰黒色、翼は灰色。嘴(くちばし)は暗赤色。冬羽では頭から腹は白く、くちばしと足は黒くなる。群れをなして生活し、水面に浅く飛び込んで小魚を捕食する。

(＊35)**泥棒鳥**(robber bird)＝本固有名詞を冠する特定の鳥はいない。ここでは文字通り「他の鳥が捕まえた獲物を奪い取る」類の不特定な鳥をいうのであろう。

(＊36)**アジサシ**(鰺刺 sea swallow)＝カモメ科の数種の翼の長い鳥の総称。体長は三十五センチ。カモメに比べ体が細い。飛翔性の水鳥で翼と尾羽が燕のように細長く尖っている。群れをなして生活し、空中から水中に突入して魚を捕らえる。

(＊37)**カツオ**(鰹 bonito)＝サバ科の海水魚。体長一メートル、体重二十キロに達する大型のものもいるが、五十センチ前後のものが多い。体形は紡錘型で、背面は濃い藍色、腹面は無地の銀白色。

興奮すると腹側に四〜一〇条の横縞が浮き出る。死ぬと横縞が消え、縦縞が現れる。

（＊38）**ビンナガ**（鬢長 albacore）＝サバ科の海水魚。全長一メートル内外の小型のマグロ。体は紡錘形で、背面は暗青色、腹面は白色。世界の暖海に分布し、群れを作り、外洋の中層で暮らしている。主に缶詰用。

（＊39）**マグロ**（鮪 tuna）＝サバ科マグロ属の海水魚の総称で、紡錘形をした大形の遠洋性回遊魚。背面は青黒色、腹面は銀白色。本作品でも「漁師たちがその種のあらゆる魚をマグロと呼んで、それらを売ったり、餌と物々交換しようとするときだけ、仲間内で固有名詞を用いて振りわけている」と語られるように、固有名詞としてはクロマグロ（bluefin tuna）キハダ（yellowfin tuna）、メバチ（bigeye tuna）、ビンナガ（albacore）、ミナミマグロ（southern bluefin tuna）などがこれに当たる。特に缶詰のマグロを指す場合 tuna fish と表記する。本作で老人が追い求める大物、カジキ類の総称である Marlin に属する種は、マグロ属とは別。

（＊40）**ブルーランナー**（blue runner）＝クロカイワリとも称す。西大西洋の暖海に棲息するアジの一種。体長は二十二・五〜二十八センチ。背面は暗緑青色、腹面は銀灰色。鰓（えら）はすべて暗灰色。背中の青い回遊魚に因んでこの名がある。

（＊41）**ヒラマサ**（yellow jack）＝アジ科の海水魚。全長一〜二メートル。ブリに似た魚で、太った紡錘形をしている。背面は暗青色、腹面は銀白色、体側中央に濃い黄色の縦帯がある。特にフロリダ、西インド諸島産の食用魚をいう。

（＊42）**軍艦鳥**（man-of-war bird）全長一メートル内外、極めて長い翼と尾をもち、鉤型のくちばしをしている。飛行力に優れている。全身が黒く、オスは赤い喉袋を持ち、メスの胸は白い。他の海鳥を襲って餌を横取りする習性がある。

（＊43）**鈎素**（leader）＝釣針と釣糸を直接結ぶ糸のこと。ふつう竿先から鈎素までを繋ぐ道糸より細い。

（＊44）**電気クラゲ**（Portuguese man-of-war）＝カツオノエボシ。俗にいう電気クラゲのことで、強い刺胞毒を有し、海水浴客の皮膚に害を与える。

（＊45）**アグア・マラ**（agua mala）＝スペイン語で「悪い（mala）水（agua）」の意だが、ここではスペイン語のクラゲ（aguamala）の意。英語の Jellyfish と同意。

（＊46）**アオウミガメ**（green turtles）＝大形で、甲長一・一メートル内外。背面は暗褐色、腹面は淡黄色。鼈甲に代用されている。肉と卵は食用とされ、スープが美味。

（＊47）**タイマイ**（hawk-bills）＝中型で甲長約七十センチ。黄色と黒のまだらがある背甲は鼈甲といい珍重され、各種装飾品に用いられている。個体数が激減し、ワシントン条約で売買が禁止されている。

（＊48）**アカウミガメ**（赤海亀 loggerheads）＝甲長は六十五～一〇五センチ。背甲の色彩は赤褐色や褐色。ウミガメの中で最大。ほぼ草食性で、肉と卵は食用になる。

（＊49）**オサガメ**（長亀 trank-back）＝甲長は一二〇センチ～二メートル、体重は六〇〇～八〇〇キロ。最大体重は九〇〇キロにも達し、カメの中で最大種。おもに肉食性。

（＊50）**十ポンド**（ten pounds）＝約四・五キロ。一ポンドは〇・四五四キロ。

（＊51）**スマック船**（smack）＝一本マストの漁業用の小型帆船。

（＊52）**六〇フィート**（six hundred feet）＝約一八三メートル。一フィートは三〇・四八センチに相当。

（＊53）**一ヤード**（a yard）＝一ヤードは〇・九一四四センチに相当。

（＊54）**一インチ**（an inch）＝一インチは二・五四センチに相当。

（＊55）**係柱**（bitt）＝舟を引っ張るワイヤーやロープをくりつけるのに船首や甲板上に固定してある短い柱杭、もしくは船を停泊させるのに繋ぐワイヤーやロープを引っ掛けるための桟橋や埠頭に設けた杭や柱のこと。係船柱ともいう。

（＊56）**檣根座**（しょうこんざ）**からはずした**（un-stepped）＝檣根座は「帆柱（マスト）の根元をはめ込む座」の意。step は名詞で「檣根座」、un-step は「(帆柱などを）檣根座からはずす」の意。

（＊57）**カタロニア綱**（Catalan cardel）＝不詳。Catalan は Catalonia（スペイン北東部の地域）の形容詞。*cardel* は cord のスペイン語。

（＊58）**メカジキ**（broadbill）＝swordfish の別称。メカジキ（swordfish）の項（＊80）参照。

（＊59）**アメリカムシクイ**（warbler）＝南北アメリカにのみ生息し、黄色、橙、緑、白黒の鮮やかな羽の色の種が多い。全長は一〇〜二〇センチ。種や木の実を食べる種もいるが、ほとんどが昆虫を捕食して暮らしている。

（＊60）**貿易風**（brisa）＝スペイン語でそよ風、微風（breeze）の意。中南米では貿易風の意味でも用いる。

北半球のメキシコ湾では北東から吹く。

（＊61）**積雲**（cumulus）＝雲底はほぼ水平で、上面がドーム状に盛り上がった雲。晴れた日中に垂直方向に発達する。綿雲を指す場合が多い。

（＊62）**巻雲**（cirrus）＝高さ五〇〇〇～一三〇〇〇メートルに生じる細かい羽毛状に散らばった白い雲。筋雲は巻雲の俗称。

（＊63）**カランブレ**（*calambre*）＝スペイン語で痙攣（cramp）の意。

（＊64）**『主の祈り』**（Our Fathers）＝ the Lord's Prayer に同じ。イエス・キリストが弟子たちに与えた祈り。聖餐、聖務日課などのキリスト教典礼のなかで重用されている。

（＊65）**『アヴェ・マリアの祈り』**（Hail Marys）＝ Ave Maria に同じ。天子ガブリエルによる聖母マリアへの祝詞とバプテスマのヨハネの母エリザベツのマリアへの言葉とを原点とするローマ・カトリックの教会のラテン文の祈りの冒頭の語。

（＊66）**「アヴェ、マリア、恵みに満ちた方、……」**＝訳文は日本カトリック教会承認の口語訳から。

（＊67）**デトロイト・ティグレス**（Tigres of Detroit）＝デトロイト・タイガースを表わすスペイン語。

（＊68）**骨棘**（a bone spur）＝踵骨（しょうこつ）という踵（かかと）の骨の異常な増殖で、足底部に数ミリの三角形をした骨の出っ張りができること。これを骨棘（こっきょく）といい、痛みはこのトゲと直接関係があるというより腱や骨に付着している結合組織（筋膜）に過剰に引っぱられ、隣接する組織が炎症を起こして生じる。なお、ディマジオを悩ましたのは右足の踵にできた踵骨棘で、一九四八年のシーズンは骨棘に苦しみながら一五三試合に出場し、本塁打王（三十九本）と打点王（一五五打点）に輝いた。だが翌一九四九年は開幕戦から欠場し、六月二十八日の試合で復帰したものの、七十六試合に出場するに留まった。本作でのディマジオに関する言及は、この二年間と翌年の一九五〇年に一三九試合に出場し、見事な成績（打率三割一厘、三十二本塁打、一二二打点）を残し、骨棘を克服した彼の不屈の闘志を指すものと推測される。

（＊69）**ウン・エスプエラ・デ・ウエソ**（*Un espuela de hueso*）＝スペイン語で a bone spur（骨棘）の意。

（＊70）**カサブランカ**（Casablanca）＝ハバナ旧市街の対岸に位置するハバナ市の一地区で、貿易港や漁港であるとともに鉄道の起点になっている。

（＊71）**シエンフエゴス**（Cienfuegos）＝ハバナの南東約二五〇キロにあるカリブ海に面した港町。

（＊72）**エル カンペオン**（*El Campeon*）＝スペイン語のチャンピオンの意。

（＊73）**ドラド**（*dorado*）＝スペイン語の金箔、金メッキの意。ここでは金色のシイラ（golden dolphin）のこと。

（＊74）**リゲル**（Rigel）＝オリオン座の白色のβ星の固有名詞。赤色のα星ペテルギウスとともに際だって明るい。その名はオリオン座の右足にあるため「巨人の右足」を意味するアラビア語に由来する。和名は源氏星。

（＊75）**コバンザメ**（sucking fish）＝全長約八十センチ。体は細長く、頭頂に第一背びれの変形した小判形の吸盤を持ち、これで大形の魚や船舶に吸着する。体色は青褐色、体の側面に幅広の暗色の帯が一本走っている。

（＊76）**斜桁**（gaff）＝帆船で帆を張るために帆柱から斜め上に出ている棒状の用材。

（＊77）**帆桁**（boom）＝帆を張るために帆柱の上に水平に渡した棒状の用材。

（＊78）**ハマトビムシ**（sand flea）＝beach flea, sand hopper ともいう。海岸で見られる小形甲殻類。体長一センチ内外で、海岸に打ち上げられた海藻などについているバクテリアを食べる。ノミ（flea）のように跳ねることから。

（＊79）**アオザメ**（Mako shark）＝マコ・シャークともいう。巨大で高速で泳ぐ鮫で、獰猛な性質。背面は暗青色で腹部は白色。尾びれは半月形をしており、全長約四メートルに達する。太平洋・インド洋・大西洋の温暖域に棲息。

（＊80）**メカジキ**（swordfish）＝メカジキ科の回遊魚。上あごが極端に長く、扁平な吻が両刃の剣に似ているので swordfish の名がある。吻は全長の三分の一に達する。成魚は二〜三・五メートル位、三〇〇キロを優に超えるが、大きなものは五メートルもあり五〇〇キロを越える。カジキ（マカジキ）に似ているが、腹びれがない。目が大きいのでメカジキ（眼梶木）と呼ばれる。

（＊81）**デンツーソー**（dentuso）＝スペイン語で「大きな歯がある」の意。キューバでは特に大きな尖った歯並びをした食欲旺盛な鮫のことで、ここではアオザメ（mako shark）を指す。

（＊82）**アカエイ**（sting ray）＝全長約一メートルの海水魚。頭頂部は暗褐色で扁平なひし形をしている。長い尾の背面に毒腺をもつ棘があり、刺されると激痛を感じ、腫れることがある。

（＊83）**帆脚綱**（sheet）＝横帆の両下隅に付いている帆を後ろに引くロープ。

（＊84）**聖ペテロ**（San Pedro）＝キリスト十二使徒の一人。ガラリヤ湖畔の漁師でイエスの弟子になり、イエスの亡き後ローマで布教にあたっていたとき、皇帝ネロの迫害にあい殉教したといわれている。

（＊85）**アイー**（*Ay* [ai]）＝スペイン語の間投詞＝Alas! スペイン語の発音では「アイ」に近いが、ここでは「イ」にアクセントが来て長音気味になるのだろう。

（＊86）**ガラーノ**（Galanos）＝スペイン語の「まだらの、ぶちの」の意。ここでは英語の "the shovel-nose sharks" もしくは "the shovel-nosed sharks" に同じ。シャベル状の面をした鮫の総称で、シュモクザメ（hammerhead shark）の一種。

（＊87）**シャチ**（killer＝killer whale）＝肉食性のイルカの一種。雄は全長九メートルにも達し、背が黒、腹は白。背びれは大きく、直立する。獰猛でイカや魚類の他、アザラシ、アシカ、イルカ類、時には群れをなして鯨などを襲う。

（＊88）**十八フィート**（eighteen feet）＝約五メートル五十センチ。

（＊89）**筌**（fish traps）＝竹や蔓、または細木を筒状または底のない徳利状に編んで、入った魚が出られないように漏斗状のかえしをつけた魚を捕らえる罠の一種。

（＊90）**やす**（killing lance）＝長い柄の先に先端が数本に分かれた尖った鉄製の金具を取りつけて、水中の魚介類を突き刺して捕らえる漁具のひとつ。

（＊91）**グアナバコア**（Guanabacoa）＝キューバ西部、ハバナの東に隣接している町。キューバにおける一番古いヨーロッパ人の居留地のひとつ。

（＊92）**バラクーダ**（barracuda）＝カマス、バラクーダ。カマス科の肉食性魚類の総称。体長一・八メートルにも達する大形のオニカマス（great barracuda）は獰猛で、世界中の熱帯海域に生息し、人をも襲う。

アーネスト・ヘミングウェイ年譜

一八九九年
七月二十一日、アーネスト・ヘミングウェイ、シカゴ近郊オークパークで外科医の父クラレンスと音楽家の母グレースの間に生まれる。

一九〇五年
九月、小学校入学。

一九一三年
九月、オークパーク・リヴァーフォーレスト高校入学。

一九一六年
一月、学内新聞『トラピーズ』に卒業するまでに三十九本の記事を発表。学内の文芸誌『タビュラ』に三本の短編小説が掲載される。

一九一七年
四月、合衆国第一次世界大戦に参戦。六月、高校卒業。十月、『カンザスシティ・スター』紙の見習記者としてミズーリ州カンザスシティに赴く。翌年四月に退社するまで無署名ながら十二本の記事を執筆。

一九一八年

四月三十日、スター紙を退職。合衆国赤十字の傷病兵運搬車の運転手を志願。五月二十三日、海路フランスへ。六月四日、イタリア着。二十二日、志願してフォッサルタ近くの最前線、ピアーヴェ川流域で酒保要員として勤務につく。七月八日夜、迫撃砲弾を受け、脚部に重傷。以後、ミラノの赤十字病院で治療・療養に努める。七歳年上の看護婦アグネス・フォン・クロースキーと恋に落ちる。十一月十一日、休戦協定発効。

一九一九年

一月四日、イタリアを発ち海路帰国の途につく。二十一日、ニューヨーク着。軍服のままオークパークに戻る。三月、アグネスより絶縁の手紙が届く。九月から十二月まで北ミシガンのペトスキーで短編小説を書いて雑誌社に送るが、いずれも不採用になる。

一九二〇年

一月、『トロント・スター』紙のフリーランスの記者になる。十月、シカゴに引っ越し、ハドリー・リチャードソンに会い恋に落ちる。十二月、中西部の農業経営者向けの月刊誌『生協通信』の編集の職を得る。

一九二一年

九月三日、ハドリー・リチャードソンと挙式。十二月八日、海路フランスへ。文学修業の傍ら、『トロント・スター』紙のフリーランスの記者としてパリで生活を始める。（同紙には退職するまでの二年間に約二〇〇本の記事が掲載される）

一九二二年

一九二三年

四月、ジェノバ経済会議取材。五～六月、ハドリーとイタリアを旅する。九月～十月、ギリシャ・トルコ戦争取材のためコンスタンチノープルへ赴く。十一月、ローザンヌ平和会議取材。十二月二日、ローザンヌに向かうハドリーが、夫の原稿が入ったスーツ・ケースを盗まれる。

一九二三年

六月、夫妻で最初のスペイン旅行。七月、再度スペインへ行き、パンプローナでサンフェルミンの祝祭（別名「牛追い祭り」）と闘牛見物。八月、**『三つの短編と十の詩』**出版。九月、ハドリーの出産のためトロントへ。十月十日、長男ジョン誕生。

一九二四年

一月、『トロント・スター』を退職。パリへ戻り、本格的な修業時代始まる。短編集パリ版**『ワレラノ時代ニ』**出版。六月～七月、パンプローナでサンフェルミンの祝祭と闘牛見物。

一九二五年

三月、ポーリーン・ファイファーと知り合う。四月末、F・スコット・フィッツジェラルドと面識を得る。六月十二日、ミロの『農園』を三五〇〇フランで購入。六月二十五日～七月十二日、パンプローナで闘牛とサンフェルミンの祝祭を見物。七月十三日、夫妻マドリードで闘牛見物。プラド美術館訪問。七月二十一日、アーネスト二十六歳の誕生日。この頃**『日はまた昇る』**を執筆し始める。九月、パリで**『日はまた昇る』**脱稿。十月、短編集**『われらの時代に』**出版。十二月十一日、夫妻パリを離れシュルンス（オーストリア）へ。二十五日頃、ポーリーン、シュルンス着。ヘミングウェイ一家と休暇を過ごす。

一九二六年

二月、ニューヨークへ。スクリブナー社との契約にサインする。フランスへ。三月二日〜三日、パリでポーリーンと一夜を過ごす。四日、ハドリーの待つシュルンスへ。五月、マドリードで一人闘牛見物。二十八日、**『春の奔流』**出版。七月、夫妻パンプローナでサンフェルミンの祝祭と闘牛見物。二十五日よりバレンシアで闘牛見物。八月、ハドリーと別居。九月二十四日、ハドリー、アーネストとポーリーンが一〇〇日間会わないことを条件として離婚に同意する。ポーリーン、故郷のアーカンソー州ピゴットへ戻る。十月二十二日、**『日はまた昇る』**出版。

一九二七年

一月八日、シェルブールでポーリーンと再会。四月十四日、ハドリーと正式に離婚。五月十日、ポーリーンと結婚。クロ・デュ・ロワ（南仏）へ新婚旅行。七〜八月、ポーリーンとスペイン各地（パンプローナ、サン・セバスチャン、バレンシア、マドリード）を旅行。九月、父に手紙でハドリーとの離婚、ポーリーンと結婚した旨を伝える。十月、短編集**『女のいない男たち』**出版。

一九二八年

三月、**『武器よさらば』**を執筆し始める。四月、ハバナ経由でフロリダ州キーウエストへ。十日、キーウエストの埠頭でハバナ旅行から着いた両親と偶然出会う。六月二十八日、二男パトリック誕生。五〜九月、ポーリーンの故郷アーカンソー州ピゴットを中心にキャンザス・シティ、ワイオミング州で過ごす。十一月二十日、ピゴットを発ち、キーウエストに移動。当地に居を定める。十二月、父クラレンス、ピストル自殺。

一九二九年

一月、**『武器よさらば』**脱稿。四月、ヘミングウェイ夫妻パリへ。翌年一月までヨーロッパ滞在。七月〜九月、パンプローナでサンフェルミンの祝祭と闘牛を見物。その後スペイン各地を旅行。九月二十七日、**『武器よさらば』**出版。十一月、ドロシー・パーカーとのインタビュー(『ニューヨーカー』誌「プロフィール」掲載)で、「ガッツ(guts)」の意味を問われ“grace under pressure”と答え、このフレーズが一躍有名になる。

一九三〇年

二月、キーウエストに戻る。三月、**『午後の死』**の執筆開始。六月、ピゴットへ。七〜十月、モンタナ州、クック・シティ近郊のノードクィスト牧場で執筆、釣り、狩猟。十一月一日、運転中の事故で右腕骨折の重傷を負う。十二月下旬までモンタナ州ビリングズで入院。

一九三一年

一月、キーウエストに戻る。ポーリーンの妊娠が判明。五月、フランスへ。六月〜九月、スペインで闘牛見物と**『午後の死』**執筆のための資料収集。十月、夫妻、第二子の誕生に備えカンザスシティへ。十一月十二日、三男グレゴリー誕生。十二月、カンザスシティ、ピゴットで過ごした後、キーウエストへ。**『午後の死』**脱稿。

一九三二年

四月〜六月、ハバナのホテル・アンボス・ムンドスに滞在。マーリン釣りに興じる。六月下旬、キーウエストの自宅へ戻る。七月〜十月、モンタナ州、ノードクィスト牧場で過ごす。九月、**『午**

一九三三年

後の死』出版。十月下旬、車でキーウエストへ戻る。

二月、『**持つと持たぬと**』の導入部を書き始める。四月、アーノルド・ギングリッチと『エスクァイア』誌に定期寄稿の契約を結ぶ。四~七月ハバナ滞在、釣りに興じる。七月下旬、キーウエストへ戻る。八月、『エスクァイア』誌創刊。同誌には三十六年五月まで二十七編の記事が掲載されることになる。八月七日、ヘミングウェイ一家ハバナを発ちスペインへ。十月下旬、短編集『**勝者には何もやるな**』出版。十一月、ヘミングウェイ夫妻マルセイユからアフリカへ出発。十二月八日、モンバサ着。十日、ナイロビ着。二カ月に及ぶサファリ始まる。

一九三四年

一月十四日、アメーバ赤痢にかかり飛行機でナイロビの病院に運ばれ入院。二十二日、サファリに復帰。二月二十日、サファリ終了。三月二十七日、ニューヨークへ向かう船中でマレーネ・ディートリッヒと出会う。五月、自家用釣り船ピラール号購入。七月中旬、ピラール号でハバナへ行き、釣りに興じる。十月の末まで主に当地に滞在。十月末、キーウエストへ戻る。十二月下旬、クリスマス休暇を過ごすためにピゴットへ。

一九三五年

四~八月、ピラール号でビミニ諸島へ行き釣りに興じる。四月八日、釣り上げた鮫をピストルで撃とうとして、両足を負傷する。十月二十五日、『**アフリカの緑の丘**』出版。十一月、キーウエストへ戻る。

一九三六年

二月、『エスクァイア』誌に中編小説**「密輸業者の帰還」**（後の『持つと持たぬと』の「第二部ハリー・モーガン（秋）」に相当）掲載。四月下旬〜五月下旬、ピラール号でハバナへ。釣りに興じる。六月〜七月中旬、ピラール号でビミニ諸島で釣りに興じる。七月十六日、スペイン内戦勃発。八月、キーウエストを発ちモンタナ州ノードクィスト牧場へ。『エスクァイア』誌に短編小説**「キリマンジャロの雪」**掲載。九月、『コズモポリタン』誌に短編小説**「フランシス・マカンバーの短い幸福な生涯」**掲載。十月末、キーウエストに戻る。十二月下旬、キーウエストのスロッピージョーの店でマーサ・ゲルホーンと知り合う。

一九三七年

一月十一日、キーウエストを発ちニューヨークへ。北米新聞連盟（ＮＡＮＡ）とスペイン内戦報道の契約を結ぶ。二月下旬、ニューヨークからフランスへ向け出航。三月、パリを発ちスペイン国境に向かう。空路バレンシアへ。同月、マーサ『コリアーズ』誌と特派員契約しスペインへ。三月二十一日、ヘミングウェイ、マドリードのホテル・フロリダに滞在。マーサと深い仲に。二十二日、グアダラハラの戦場を視察。五月九日、スペインからパリへ戻る。十八日、ニューヨーク着。二十六日、キーウエストへ戻り、ポーリーンと直ちにピラール号でビミニ諸島へ。六月四日、ビミニから空路ニューヨークへ。アメリカ作家会議で「ファシズムは嘘っぱちである」と題し講演。六月八日、空路ビミニへ。八月三日、ビミニからキーウエストへ戻る。八月十七日、ニューヨークからフランス、スペインへ向け出航。九月〜十二月、ヘミングウェイとマーサ、スペインで行動をともにする。十月十五日、**『持つと持たぬと』**出版。マドリードに留まり、戯曲**『第五列』**執筆。前線各地を視察。

一九三八年

一月中旬、ニューヨークへ向け出航。一月下旬、キーウエストへ。三月、パリへ。ヘミングウェイとマーサ、車でバルセロナへ。五月、ヘミングウェイとマーサ、パリ。五月三十一日、ニューヨーク着。八月四日、キーウエストを発ちノードクィスト牧場へ。八月下旬、空路ニューヨークへ。フランスへ向け出航。九月六日、ヘミングウェイとマーサ、パリで再会。十月、**『第五列と最初の四十九の短編』**出版。十一月二十四日、ニューヨーク着。十二月、キーウエストへ戻る。

一九三九年

二月、ピラール号でハバナへ。**『誰がために鐘は鳴る』**執筆開始。三月、スペイン内戦終わる。四月、ハバナに留まり**『誰がために鐘は鳴る』**執筆。マーサ、ハバナ着。ハバナ市外のフィンカ・ビヒア邸を賃貸する。ヘミングウェイ、八月末までフィンカ・ビヒアで**『誰がために鐘は鳴る』**の執筆を続ける。六月〜八月、ポーリーン、ヨーロッパへ。九月、第二次世界大戦勃発。九月下旬〜十二月中旬、ヘミングウェイとマーサ、アイダホ州サン・バレーに滞在。十二月中旬、サン・バレーを発ちキーウエストへ戻るも、ポーリーンが家を閉鎖して子供たちを連れてニューヨークへ行ったのを知り、キューバへ。ポーリーンとの婚姻の実質上の終焉。

一九四〇年

八月までキューバで**『誰がために鐘は鳴る』**執筆。三月〜五月、戯曲**『第五列』**ブロードウェイで上演される。九月、ヘミングウェイとマーサ、三人の子供らとアイダホ州、サン・バレーで休暇を過ごす。十月、**『誰がために鐘は鳴る』**出版。十一月四日、ポーリーンとの離婚が成立。二十一日、ワイオミング州シャイアンでマーサ・ゲルホーンと挙式。十二月、キューバへ。フィンカ・ビヒア邸を購入。

一九四一年

一月、ヘミングウェイ夫妻、ニューヨーク。空路ロサンジェルス、サンフランシスコへ。一月三十一日、ハワイへ向け出航。二月〜五月、マーサとともに中国情勢視察。四月六日、空路、国民党軍の首都重慶へ行き、蔣介石夫妻と面会。共産党代表として重慶駐在の周恩来とも会談。十五日、昆明へ出発。ビルマルート視察。ラシオ、マンダレーを経てラングーンへ。五月六日、香港を発ち十七日に空路サンフランシスコ着。六月、『PM』紙に七本の論説記事が掲載される。六月〜九月、キューバ滞在。九月〜十二月、サン・バレー滞在。十二月中旬、キューバに戻る。

一九四二年

一月〜三月、ほとんど執筆活動をせずキューバに留まる。三月、『戦う男たち―戦記物語傑作選』の編集と「序論」を引き受ける。四月、ハバナの米国大使館に対独施設情報網の開設を提案。五月、ピラール号を対独潜水艦Qボートにする提案をする。六月〜十月、ピラール号で対独潜水艦諜報活動。八月、**『戦う男たち』**の「序論」執筆。

一九四三年

丸一年、執筆らしい執筆をせずキューバで過ごす。マーサとの結婚は悪化の一途をたどる。五月〜七月、対独潜水艦諜報活動再開。七月十八日、諜報活動からキューバへ戻る。八月〜九月、対独潜水艦諜報活動を継続。十月下旬、マーサ、第二次世界大戦の取材で海路ロンドンへ。十月〜十二月、ヘミングウェイ、マーサの再三の要請にも拘わらずキューバに留まり、痛飲。

一九四四年

四月、ヘミングウェイとマーサ、ニューヨークへ行き英国へ渡る機会を探す。五月、『コリアーズ』誌の特派員として空路ロンドンへ。十七日、メアリー・ウェルシュ・モンクスと会う。同月、自動車事故で入院加療。五月下旬、マーサ、海路、ロンドン着。六月六日、洋上で連合国によるノルマンディ上陸作戦（Dデー）を目撃。六月十九日、英国空軍機への搭乗を許可される。七月十七日、ノルマンディに向け出発。チャールズ・ラナムが指揮する第二十二歩兵連隊と行動を共にする。八月下旬、パリ解放に向けた機運が熟すと、パルチザンとともに連隊の進攻に参加する。パリ滞在。九月七日、パリを離れ第二十二歩兵連隊に復帰。同月、マルカム・カウリー編纂の**『ポータブル・ヘミングウェイ』**、ヴァイキング社から出版。三日、ヘミングウェイ、マーサの離婚請求を無視。十四日、メアリー、キューバで暮らすことに同意する。十一月十五日、ヒュルトゲンの森の戦いに備えラナムの指揮する第二十二歩兵連隊に復帰。翌年の一月初旬まで行動を共にする。

一九四五年

三月六日、ニューヨーク着。十五日、キューバへ戻る。五月、メアリー、フィンカ・ビヒア着。十一月、**『自由世界のための名作選』**の「序文」執筆。十二月二十一日、マーサと離婚。

一九四六年

一月、この頃までに**『エデンの園』**執筆開始。三月、**『自由世界のための名作選』**の「序文」を**「投石器と丸石」**という表題で『フリー・ワールド』誌に掲載。三月十四日、ハバナでメアリーと挙式。八月、ヘミングウェイ夫妻キューバを離れ、サン・バレーへ。九月、アイダホ州ケチャムの借家へ移住。十一月、ソルトレイクシティへ行き狩りをする。十二月、キューバに戻る。

一九四七年

一月～八月、キューバに留まる。八月、耳鳴り、高血圧症、体重過多に苦しむ。八月下旬、車でアイダホ州、サン・バレーに向かう。途中、妹のマデリーンと家族の別荘があるワルーン湖再訪。九月二十九日、サン・バレー着。十二月、ケチャムに移住。翌年一月までケチャムに滞在。

一九四八年

二月一日、メアリーとケチャムを離れ二月中旬までにキューバに戻る。九月上旬までキューバに留まり、釣りに興じる。この時期に『**海流の中の島々**』執筆開始。九月七日、メアリーと海路イタリアへ出発。九月二十日、ジェノバ着。ストレーザ、コモ湖、ベルガモ、コルティナダンペッツォを訪問し、十月下旬ヴェニス着。メアリーを第一次世界大戦で負傷した場所のフォッサルタへ案内する。十一月、『**海流の中の島々**』の執筆を継続。十二月、タリアメント川下流でヤマウズラ猟をした際に『**河を渡って木立の中へ**』のレナータのモデルになる十八歳のアドリアーナ・イヴァンチッチと知り合い恋心を抱く。

一九四九年

一月～三月中旬、コルティナに滞在。三月、片目を丹毒に冒され入院。三月下旬、ヴェニスへ。四月、『**河を渡って木立の中へ**』の冒頭の場面になるヴェニス近くの鴨撃ちの場面を執筆開始。四月三十日、ジェノバから海路ハバナへ。五月、キューバへ戻る。六月、バハマ諸島で釣りに興じる。十月、『**河を渡って木立の中へ**』の執筆継続。十一月十六日、ヘミングウェイ夫妻、ヨーロッパへ行く途中、空路ニューヨークへ立ち寄る。十七日～十八日、リリアン・ロスのインタビュー（『ニューヨーカー』誌「プロフィール」掲載）を受ける。十九日、ニューヨークを発ち、海路ヨーロッパへ。十一月二十五日、フランス着、パリへ。**『河を渡って木立の中へ』**の完成までパリ滞在。十二月、ニースや**『エデンの園』**の舞台になるル・グロー＝デュ・ロワ等南仏各地を車で旅する。十二月三十一日、ヘミングウェイ夫妻、車でジェノバ郊外のネルヴィ着。

一九五〇年

一月、ヘミングウェイ夫妻ヴェニス滞在。アドリアーナと頻繁に会う。二月初旬、夫妻とアドリアーナ、コルティナへ。眼病の感染再発。三月、夫妻ヴェニスを離れパリへ。同月、アドリアーナ、美術の勉強をしにパリへ。三月二十七日、ヘミングウェイ夫妻ニューヨーク着。四月七日、夫妻キューバ着。**『海流の中の島々』**の「第二部 キューバ」と**『エデンの園』**の「仮の最終章」を執筆し始める。五月十三日、『ニューヨーカー』誌にリリアン・ロスのインタビュー記事「殿方、お気に召しましたか？」掲載さる。九月七日、**『河を渡って木立の中へ』**が出版されるも惨憺たる批評で不安定な精神状態になる。十月二十八日、アドリアーナ・イヴァンチッチと母親がキューバ着。十二月、**『海流の中の島々』**の執筆に戻る。この頃**『老人と海』**の執筆に取りかかったと目される。

一九五一年

二月六日、メアリー、イヴァンチッチ母娘をフロリダへの小旅行に連れて行く。二月十七日、『老人と海』の草稿完成。二月二十三日、イヴァンチッチ母娘イタリアへ向け出発。二月下旬、チャールズ・スクリブナー来訪。**『老人と海』**を読み絶讃する。五月、**『海流の中の島々』**の「第三部 洋上」に相当する部分が完成したと宣言する。六月二十八日、母グレース、メンフィスの病院で死去。十月一日、ポーリーン、ロサンジェルスの病院で死去。

一九五二年

一月、ピラール号で一カ月のキューバ周辺の航海へ。二月十一日、チャールズ・スクリブナー、死去。五月、『ライフ』誌、「老人と海」に五万ドルを支払い、九月に一挙に掲載することに決定。九月一日、『ライフ』誌、**「老人と海」を一括掲載**。九月八日、アドリアーナのデザインによるブック・カバーの『老人と海』出版。二度目のアフリカでのサファリを計画。

一九五三年

五月四日、**『老人と海』ピューリツァー賞受賞**。六月、ヘミングウェイ夫妻、ハバナを離れニューヨークへ。六月二十四日。ニューヨークから海路フランスへ。フランス、スペイン各地を旅する。七月四日、パンプローナ着。二十二年ぶりにサンフェルミンの祝祭と闘牛を見物。七月二十一日、プラド美術館再訪。バレンシアで闘牛を見物しパリへ戻る。八月六日、マルセイユから海路モンバサへ。八月二十七日、モンバサ（ケニヤ）到着。九月一日、サファリ開始。十月十三日、サファリ小休止。ヘミングウェイ、空路タンガニーカ在住の二男パトリックを訪ねる。十二月十二日、メアリー、クリスマスの買い物に空路ナイロビへ。

一九五四年

一月二十一日、サファリ終了。ヘミングウェイ一行、三日間の観光飛行でベルギー領コンゴへ。二十二日、ウガンダ南部ヴィクトリア湖に臨む町エンテベで一泊。二十三日、マーチソン滝の見物に行く途中で飛行機が送電線に触れ墜落。現場で一夜を明かす。ヘミングウェイ死去の報道がなされる。二十四日、ヘミングウェイ一行、川船に救助され、飛行機でエンテベへ飛び立つも離陸時に爆発炎上、負傷する。再度ヘミングウェイの死亡説流れる。二十五日、ヘミングウェイ夫妻、車で一〇〇マイル先のエンテベへ。翌日パトリックと再会。二十八日、空路ナイロビへ。二十九日、飛行機事故による損傷は、本人が説明するところでは、復視、左目の視力喪失、強度の脳震盪、腎臓破裂、脾臓破裂、肝臓破裂、直腸機能の衰弱、肛門の括約筋の麻痺、顔、腕、頭の軽度の火傷、脊柱二本の骨折に及ぶ。二月二十二日、モンバサ滞在中、低木地帯の山火事を消火しようとして炎に巻き込まれ、腕、頭、唇に第二度熱傷を負う。三月、モンバサを離れ海路ヴェニスへ。二十二日、夫妻ヴェニス着。アドリアーナと再会。四月、ヴェニスで療養。五月六日、ヴェニスを離れ、車でスペインへ向け出発。五月十二日、マドリード着。五月十八日、マドリードを離れ、車でジェノバへ。六月五日頃、アドリアーナと最後の別れ。六日、ジェノバを発ち海路でハバナへ向かう。七月、アフリカの本（のちの**『キリマンジャロの麓で』**）の執筆開始。十月二十八日、**ノーベル文学賞受賞**の報に接する。健康悪化のため授賞式欠席。

一九五五年

依然として飛行機事故の後遺症である背中の痛みに苦しむも、アフリカの本の執筆継続。四月、ピラール号でメアリーと洋上へ。五月二日、フィンカに戻り、アフリカの本の執筆に取り組む。九月十九日、健康状態悪化（腎炎、肝炎）。十一月二十日、一月上旬まで病床に伏す。

一九五六年

四月、アフリカの本の執筆を中断。六月、短編小説**「盲導犬を飼え」**を執筆。八月末、ヘミングウェイ夫妻、アフリカ在住の二男パトリックのガイドでサファリを行うためにキューバを離れる。九月七日、パリ到着。十七日、車でマドリードへ。十月十二日〜十五日、サラゴサの祭りを見物。オルドニェスの闘牛を満喫。肝臓肥大、高血圧、コレステロール値が高く体調不良を訴える。十一月十四日、エジプト、スエズ運河を閉鎖する。十七日、サファリを断念しパリへ。一月二十一日までリッツ・ホテルに滞在。三十年前にリッツ・ホテルの金庫室に預けた（のちに**『移動祝祭日』**として死後出版される原稿の一部が含まれていたという）トランクを引き渡される。

一九五七年

一月二十四日、ニューヨークへ向け出航。二月、ニューヨークで二泊し、海路キューバへ戻る。短編小説**「世慣れた男」**を執筆。十一月、『アトランティック・マンスリー』誌に短編小説**「世慣れた男」**、**「盲導犬を飼え」**掲載（この二作がヘミングウェイが自分の意思で発表した最後の作品になる）。十二月、翌年の三月まで**『エデンの園』**と**『移動祝祭日』**の原稿を交互に書く状況が続く。

一九五八年

四月、『パリ・レビュー』誌にプリンプトンとのインタビュー「アーネスト・ヘミングウェイ——小説の技法XXI」掲載さる。七月三十一日、**『移動祝祭日』**の十八のスケッチが完成。**『エデンの園』**の執筆続く。十月六日、車でキーウエストからアイダホ州ケチャムの借家へ。十一月、**『移動祝祭日』**と**『エデンの園』**の改稿作業続く。

一九五九年

一月一日、キューバのバティスタ大統領、ドミニカに亡命し、バティスタ政権崩壊。八日、カストロがハバナに入り、革命軍の勝利が決定的なる。ヘミングウェイ、ケチャムに家を買うことを決意する。二月、夏にスペインでオルドニェスとドミンギンの対決に随行する手筈を整える。**『エデンの園』**、四十二章を執筆中。三月、ヘミングウェイ夫妻、ケチャムを離れニューオーリンズ経由でキーウエストへ。帰路、ケチャムの家を購入するのに小切手で五万ドル支払う。三月末、空路キューバへ。四月二十二日、ヘミングウェイ夫妻、ニューヨークへ。二十六日、『ライフ』誌との契約で**『危険な夏』**の取材のために海路スペインへ。五月十三日、ヘミングウェイ夫妻マドリードで闘牛見物。五月二十四日、オルドニェスとドミンギンの闘牛対決に随行。五月三十日、オルドニェス、角に刺され負傷。ヘミングウェイ、二日間病床に付き添う。六月七日、オルドニェス、マラガ滞在中のヘミングウェイ夫妻に合流し、体力の回復に努める。二十五日、オルドニェスとヘミングウェイ、闘牛の巡回興行に復帰。サラゴサ、アリカンテ、バルセロナ、ブルゴサと巡回。七月六日、ヘミングウェイ夫妻、パンプローナのサンフェルミンの祝祭を見物。ヘミングウェイ、十九歳のアイルランド人の娘ヴァレリー・ダンビー＝スミスと知り合い、彼女に夢中になる。七月三十日、バレンシア着。初日にドミンギン、角に刺され負傷。三日目、オルドニェス、角に刺され負傷。八月〜九月、ドミンギンが再度角に突かれ闘牛が出来なくなるまで二人の闘牛対決に随行する。十月、『ライフ』誌の闘牛の記事を執筆し始める。十月十六日、ヘミングウェイ、パリへ。二十六日、海路ニューヨークへ。十一月三日、**『エデンの園』**の原稿をスクリブナー社に預け、キューバへ。十一月二十日頃、ヘミングウェイ夫妻、キューバからケチャムの自宅へ。

一九六〇年

一月、高血圧症と不眠症を病む。一月十六日、ヘミングウェイ夫妻、ケチャムから汽車でシカゴ、マイアミ経由で、キューバに戻る。二月、闘牛の記事の執筆に従事。メアリー、ヴァレリー・ダンビー＝スミスを秘書に雇うことに同意。二月二十九日、ヴァレリー、フィンカ着。四月一日、**『危険な夏』**、『ライフ』誌との契約より遙かに長い六万三〇〇〇語に。五月二十八日、**『危険な夏』**、『ライフ』誌の一万語の要求に対し、十二万語で完成。七月二十一日、メアリーとヴァレリー、ニューヨークでヘミングウェイのスペイン行きの手筈を整える。七月中、ヘミングウェイ、深刻な抑鬱状態。八月四日、ヘミングウェイ、パリ経由で空路スペインへ。メアリーとヴァレリー、ニューヨークに留まる。神経衰弱の徴候。とっぴな行動が目立つ。八月十八日、ヘミングウェイ、手紙で神経衰弱（ノイローゼ）ではないかと訴える。九月三日、メアリーに再度神経衰弱の恐怖を訴える。九月、『ライフ』誌に三週に亘って**「危険な夏、第一部」**、**「危険な夏 第二部 悪魔のプライド」**、**「危険な夏 第三部 惨事との面会」**掲載。九月下旬。メアリー、ヘミングウェイの介護にヴァレリーをスペインへ派遣。十月、パラノイド症状が進み、感情を抑制できなくなる。十月八日、空路ニューヨークへ。十月二十二日、汽車でケチャムへ。十一月三十日、高血圧症、肝臓肥大、パラノイア、神経症等の治療のため、偽名を用いてミネソタ州ロチェスターのメイヨ・クリニックに入院。鬱病の治療のため、電気ショック療法が行われる。

一九六一年

一月十二日、ケネディ大統領の就任式に招かれるも健康上の理由で辞退。一月二十二日、退院。空路アイダホへ。**『移動祝祭日』**の仕事を再開。三月、次第に不安障害と抑鬱症高ずる。四月二十一日、銃で自殺を図るが、メアリーに阻止される。四月二十三日、猟銃で自殺を図るが、引き金を引く前に阻止される。四月二十五日、空路ロチェスターのメイヨ・クリニックへ。途中、三度目の自殺を試みる。電気ショック療法を継続。六月二十六日、退院。車でケチャムへ。不安とパラノイアの症状高ずる。三十日、ケチャム着。七月二日、午前七時三十分、猟銃で自殺。

一九六四年
遺作**『移動祝祭日』**出版。

一九七〇年
遺作**『海流の中の島々』**出版。

一九七二年
『ニック・アダムズ物語』出版（フィリップ・ヤング編集の未発表の作品八編を含む）。

一九七九年
『詩編88』出版。

一九八六年
遺作**『エデンの園』**出版。

一九八七年
『ヘミングウェイ短編全集（フィンカ・ビヒア版）』出版。

一九九九年
七月、生誕百周年を記念して遺作**『夜明けの真実』**出版。

二〇〇五年
八月、『夜明けの真実』の完全版**『キリマンジャロの麓で』**出版。

訳者あとがき

なぜ今『老人と海』なのか

『老人と海』は出版されてから昨年の二〇二二年で七十年が経っており、その間いつの時代に読んでも心に響く作品のひとつです。とくに今日のような未来が定かではない時代に、将来を背負って立つ若い人たち、なかでも小学校高学年に達した読書好きの児童、そして中学に進んで勉学や運動を通じて、喜びだけでなく生きることの負の側面を抱え始めた若者にも進んで読んでいただき、生きる糧にして欲しいと願っています。なぜなら、この作品には、人間とは何か、人間はこう生きるべきといった指針なるものが、説教じみた言い方でなく、ひとりの素朴な老漁師、サンティアゴを通して具現され、彼の生き方のなかに凝縮されているからです。私たちは人間ですから、いつでも恵まれているときばかりではありません。それどころか、逆境に陥っているときの方が多いはずです。特に若い人たちには、青春の蹉跌なるものも多々あるでしょう。学業、運動、そして実社会に出て仕事に従事しているときでも、いつも順風満帆というわけにはいきません。むしろ失敗の連続で、挫折を何度も味わった末に、自分が弱い存在で、いかに孤独であるかをひしひしと感じて、そこから気を取り直しては、目前のやるべきことに立ち向かっていくことが多いのではないでしょうか。どんなことでもいいですから、サンティアゴの生き方から生とは何か、人間とはこうなんだ、といったヒントを感じ取って欲しいと思います。

もう干支（えと）が一巡しましたが、二〇一一年三月の東日本大震災に際し、私の脳裡に瞬間的に閃いたのは、「人間はめちゃめちゃにやられるかもしれないが、負けはしない」（一二〇頁）というサンティアゴの言葉でした。「めちゃめちゃにやられる」は原文では destroyed（破壊される）が、「負けはしない」には not defeated が使われています。あの大地震で東北から関東にかけて壊滅的な打撃（破壊）を物質的にも精神的にも受けましたが、負けることなく見事に回復途上にあるではありませんか。

私は『老人と海』の要諦は、まさにこのサンティアゴの言葉に収斂されていると考えています。ここに逞しく生きるヒントが隠されています。思えば、私たち日本人は地震や風水害といった自然災害、あるいは戦争の惨禍によって、壊滅的な打撃（破壊）を受けつつも、負けることなく勇敢に幾多の破壊を克服してきたではありませんか。

日本という島国に住む私たちは、明治以降について思い出すだけでも、一九二三年の関東大震災、一九四四年の末から始まった六十余の中小都市への米軍による絨緞爆撃、翌四五年三月の東京下町大空襲、そして八月の広島・長崎への原爆投下、さらには一九九五年の淡路神戸大震災、そして二〇一一年の東日本大震災といった災禍をはじめ、幾多の風水害を乗り越えてきました。まさに破壊された（destroyed）けれども負けなかった（not defeated）のです。そして今世界は、新型コロナウイルス感染症のパンデミック（世界的大流行）とロシアによるウクライナへの軍事侵攻という厳しい現実に直面しています。未来が閉ざされているかに見えますが、現段階では人類の叡智の見せどころとでも申し上げ、当事者の分別と英断にすがるしか道がありません。私たちはこういった出来事の埒外にいるのではなく、ひとり一人がしっかりした考えと人生観を持って、来るべき未知の局面に備えることが大切だと思います。

日本国の成り立ちに思いを馳せれば、この地に住むことになった私たちの先人は、数えきれないほどの災禍と向き合いながらも、そこから立ち上がる資質を、長い年月をかけて共通のＤＮＡとして、この地から決して逃れることなく、今を生きる私たちに伝えてきたに違いありません。

そして現在は、こうしたＤＮＡを受け継いだ私たちだからこそ、サンティアゴの生を通して、ヘミングウェイが伝えたいことを理解する感性が、十分に備わっているのではないでしょうか。極めて重要なことですが、『老人と海』という作品は、明らかに他のヘミングウェイの作品とは違い、ヘミングウェイを作家として一段高い領域にまで押し上げた作品と申せます。つまり、彼が『老人と海』で示した作家としての創作活動の独自さと深さは、一時の流行とは関係がない、普遍的な価値を求める旅から生まれたということなのです。言い換えれば、ここで描かれているのは、政治、経済、戦争といった一時的な社会現象を超越した、人間そのものの根源的な姿なのです。

『老人と海』は、一九五七年『アトランティック・マンスリー』誌の十一月号に掲載されたごく短い二編の短編を除けば、ヘミングウェイが生前、自分の意志で発表した最後の作品になります。いわば彼の作家としての到達点と考えて差し支えありません。彼が『老人と海』の執筆に着手したのは、一九五〇年の十二月か、遅くとも翌年の一月早々だったというのが学者や批評家の一致した見方です。そして二万六、五三一語の草稿を書き終えたのが五一年の二月中旬だったといいますから、二カ月足らずで書き終えたことになります。

ヘミングウェイの天賦の才が、一段と輝きを増して燃え盛った奇跡的な一時期だったと言わずにはいられません。もし彼が最後の作品で、私の見解のように、他の作品とは違う領域に到達したのだとすれば、その相違点とその意味するところの分析が必要になります。少し長くなりますが、ヘミングウェイがそのような立ち位置に到達した理由を、彼の文学と伝記的要素を加味して述べることから始めたいと思います。

死の恐怖

ヘミングウェイというとマッチョで豪快な男、という広く流布しているイメージがあります。今世紀に入っても、ときどき映画でそれらしい人物が出てきて、ヘミングウェイを演じます。たとえば、ウッディ・アレンの描く『ミッドナイト・イン・パリ』や編集者としてヘミングウェイの文学を支えたマックスウェル・パーキンズと作家トマス・ウルフの交流を描いた『ベスト・セラー（原題『ジーニアス』）』でも、粗野な人物として、よく言えば豪胆な人物として登場します。そして、作家としては、暴力、戦争を好んで描いた作家というイメージで捉えられています。そうした面は確かにありますが、作家である以上、当然のことながら、非常に繊細な精神の持ち主でもありました。ここでは一般に広く認識されていない彼の繊細な面についての話が中心になります。

一九一四年にヨーロッパの地で始まっていた第一次世界大戦に米国が参戦した一七年四月は、ヘミングウェイがハイスクールを卒業する間際でした。卒業後すぐに参戦したかったのですが、左目の視力が弱いために入隊できず、高校を卒業すると止む無く新聞記者になりました。その後、視力が弱くても、赤十字の傷病兵運搬車の運転手としてなら、大戦に加わる道があることに気づきます。

詳細は省きますが、イタリアへ赴いて約二週間後の一八年七月八日、前線で酒保要員として兵士たちにコーヒーやタバコ、チョコレートや飲み物を配っていて、敵のオーストリア軍の迫撃砲弾を受けて重傷を負いました。一九歳の誕生日を迎える二週間前のことです。このときの模様をのちにさまざまな作品で描くことになりますが、要約すると「魂が口の中に飛び出してきて、気絶してしまった。呼吸が止まって死んだと思っていたら、やがて呼吸が戻ってきて生き返ったのだ」(『武器よさらば』)という状況だったようです。

このときに受けた心理的衝撃がトラウマになって、彼の心底に沈殿していったのは、間違いない事実でした。そのときの言わば臨死体験なるものが、死の恐怖として彼の文学の方向を決定づけることになったのです。つまり彼は、この世をすべて生と死の割れ目から眺めるという特異な視座を通して、作品を生み出すことになるのです。

また彼が入院中に知己を得た、イギリス歩兵隊所属のアイルランド人将校で、生涯の友になったエリック・ドーマン・スミスから、シェイクスピアの『ヘンリー四世第二部』からの新募集兵フィーブルの台詞「あたしゃかまいませんよ。人間死ぬのは一度きり、いのちは神から借りたもの、ですもの。卑怯な心はサラリと捨てて、死ぬ運命(さだめ)ならそれもよし、死なずにすめばそれもよし、だわ。……今年死んだら、もう来年は死ぬ必要がなくなるわよ」（小田島雄志訳）を書いてもらい、暗記して生きる支えにしたのもこのころのことでした。因みにこの台詞は、のちに述べることになる名作「フランシス・マカンバーの短い幸福な生涯」で効果的に用いられることになったのです。

ヘミングウェイの生誕の地、シカゴ近郊のオークパークの生家の近くに、スコービル・パークという小ぎれいな公園があり、その一角にかなり横長の大きな戦争記念碑（ウォーメモリアル）が建っています。そこには従軍した大勢の兵士の名に混じって、ヘミングウェイの名も刻まれています。いわば彼はおらが町の英雄だったわけですが、帰還後に母校でおこなった講演では、このトラウマに決して触れることはありませんでした。うなされて嘔吐することはあっても、家族にも胸中を明かさなかったそうです。当時はセオドア・ローズベルト元大統領の説く「心身ともに鍛え、精力的な暮らしを営む」というのが、世紀の変わり目に生を受けた若者たちの行動規範になっていたようです。ヘミングウェイもその教えにしたがって、そのときの衝撃を吐露して、臆病者のそしりを受けることだけは避けなければならないと強く意識して、自身が被った恐怖を口にしなかった、というのが有力な論拠のひとつになっています。

そのためか、彼の作品では、戦争の暴力性について描きながら、自己の味わった死の恐怖は心の奥底に留めたまま、意図的に触れないという状態がしばらく続きます。その典型が初期の傑作、「大きな二つの心臓の川」というかなり長い短編に如実に表れています。今では研究が進み、この優れた短編から帰還兵の病んだ心を読み取ることが可能になりましたが、そうした研究についての予備知識がなければ、今でもこの大自然のなかでの鱒釣りの物語が、病んだ帰還兵の物語だと感じ取れる読者はいないでしょう。

この物語を書いたときのヘミングウェイは、死の恐怖に取りつかれながらも、作品で直に触れることを忌避していたのです。極端な言い方をするなら、その気配さえも読者に気づかれないようにしていたのです。そうした事実を、種々の研究が明らかにしてきましたが、それが仮説や推測ではなく、私たちが彼の口から直接知ることになるのは、彼が被弾してから三十二年後になりました。

ヘミングウェイは一九四九年十一月、イタリアに行くために四番目の妻メアリーとニューヨークのホテルに滞在していました。ヘミングウェイ夫妻と旧知の間柄だった若きジャーナリストのリリアン・ロスが、その折のヘミングウェイとの邂逅について纏めた長いインタビュー記事が、翌年の『ニューヨーカー』誌の五月十三日号に「プロフィール」という表題で掲載されました。この記事は一九六一年に『ヘミングウェイの肖像』という書名を冠して単行本としても出版されますが、彼が戦争体験について告白したことが、次のように記されています。

「私は最初の戦争があまりに恐ろしかったので、十年間もそれについて書けなかったのを覚えています」と彼が突然すごい剣幕で言いました。「戦闘が作家に及ぼす傷は、癒すのに非常に長い年月が必要なのです。昔そのことについて三つの物語を書きました。「異国にて」と「身を横たえて」、それに「誰も知らない」です」。

ここで挙げた三つの短編のうち、「異国にて」と「身を横たえて」は一九二七年に発表した短編集『女のいない男たち』に、「誰も知らない」は一九三三年に発表した短編集『勝者には何もやるな』に収録されています。これらの作品を一読すれば、彼が挙げた作品の順に、自身が体験したと思われる臨死体験への拘りと、その後研ぎ澄まされた神経で意識せざるを得なかった死の恐怖の核心部分を描き出すために、主人公の心の動きを通して徐々に恐怖の核心にまで迫っていったことがわかります。

では、ヘミングウェイがリリアン・ロスに語った「癒す」とは、どのような方法だったのでしょうか。彼の描く世界の特徴は、必然的に彼が生きた時代、特に彼が戦場で体験した死と深くかかわることになります。その結果、彼の描いた代表的な長編を例に取るだけで、同世代の他のどの作家よりも、戦争の持つ暴力性もしくは生と死が、物語の中心を占めているのが明らかになります。

二六年に出版した最初の長編小説、『日はまた昇る』では、第一次世界大戦で心身共に傷ついた若者たちの野放図な行動が、パリとスペインのパンプローナを舞台に描かれています。なかでも戦場で「命以上のものを捧げてしまった」ために愛するブレットとの愛を営めない主人公のジェイクの苛立ちが、戦争の悲惨さを婉曲的に暗示するのに役立っています。さらに闘牛の場面では、牡牛の死と闘牛士のロメロが発揮する勇気に魅せられる彼らの姿が強調されています。

二九年の『武器よさらば』は、十年前の大戦を主人公が回想する形をとっています。主人公のフレデリックが戦場から脱走し、愛するキャサリンとの再会を果たすと、二人は安住の地を求めて、ボートでスイスへ逃避行を試みます。ところが、スイスでの牧歌的な暮らしもつかの間、産褥に就いた彼女の死が物語の最後に待ち構えていたのです。ここでも当然のことのようにヘミングウェイは死を取り上げ、戦争という巨大な暴力から離脱した、社会に座標を許されない孤独な個人を描いたのです。

次は四〇年に出版した大作『誰がために鐘は鳴る』です。今度の舞台はスペインです。一九三六年七月に、ヘミングウェイの愛する国スペインで、内戦が始まりました。物語は愛する国スペインを救うために、内戦に身を投じたアメリカ人、ロバートの物語です。この物語の重要な点は、反乱軍の侵攻を食い止めるために、鉄橋を爆破する命令を受けたとき、ロバートが自身の死を必然のこととして予期していたことなのです。自分の死を意識して、つまり自分には未来が閉ざされているが故に、マリアとの愛にわずかに残された生を燃焼させることになるのです。物語は鉄橋を爆破したあと、マリアが迫りくる反乱軍から逃れたのを確信して、ひとり己の死を待つロバートの描写で終ります。

解ける死の呪縛

これまで説明したように、ヘミングウェイが作家として執拗に取り上げた戦争、もしくは死への執着といったテーマは、実は物語にする過程で、作者自身の心の癒しにつながっていたという事実です。彼はあるとき、死の恐怖を忌避するのではなく、作品に何度も描くことで、カタルシス（精神の浄化作用）を得られることに気づいたのです。

先にリリアン・ロスが聞いた、「癒すのに書いた三つの物語」の一番最後に挙げた「誰も知らない」という短編は、先ほど説明したように、一九三三年に発表されています。実は、この作品が収録された『勝者には何もやるな』という短編集の最後に「父と息子」という作品があります。ここでは主人公のニックが、自殺した父の記憶を払拭できずに、悶々としていたことが語られていますが、ニックがどうやって忌まわしい記憶を払拭したか、その仕組みが次のように語られています。

もしそのことを書いていたら、それから逃れられただろう。彼は多くのことを書いて、それらを追い払ってきたのだった。

「誰も知らない」は、「身を横たえて」の六年後に書き始めた短編です。その意味で、癒しの最終段階を描いた作品と申せます。「身を横たえて」はニックの被弾体験の後遺症を描いたものですが、本作ではこれまで描くのを避けていた被弾の瞬間にまで迫り、そこから派生した異常な精神状態を、ニックの幻覚のなかに赤裸々に炙り出すのに成功しています。これまで挙げた諸事例を踏まえれば、嫌なことについて書くことが、それから逃れる癒しに繋がることを、ヘミングウェイが認識していた証左として、説得力を持つことになるでしょう。

しかし、これで恐怖から完全に解放された訳ではありません。傷ついた精神が癒されたのを納得させるには、やはり恐怖を克服したことを、実際に自分の身体でも実感する必要があったのです。こうした視点から眺めると、これから説明するように、彼が『午後の死』と『アフリカの緑の丘』という二冊のノンフィクションで試みたことが理解できるでしょう。見えにくいかもしれませんが、ヘミングウェイがこれらの書物でその中心に据えていたのは、明らかに「死」そのものなのです。両者を隔てているのは、作者が死と向き合う距離の差だけだったのです。

一九二一年十二月の末に、ヘミングウェイは最初の妻ハドリーを伴って、文学修業の場であるパリへ赴きました。二年目の六月にスペインへ行き、パンプローナで見物した闘牛に夢中になります。『日はまた昇る』でジェイクたちの目を惹きつけたのと同じように、闘牛士が示す勇気と牡牛の死に魅せられ、闘牛そのものを自身の臨死体験の心の持ちようと重ねる場になったに違いありません。このときからヘミングウェイは毎年パンプローナのサンフェルミン祭に出かけ、エンシエロ（牛追い）と闘牛に熱中することになります。この経験が三二年の『午後の死』という闘牛の書の出版に繋がります。

「人間には危険が、動物には確実な死がある」と作者が『午後の死』で記すとき、彼は死の枠外に身を置いています。ひとりの観客として、自分に降りかかる死ではなく、あくまでも観察者の立場で死を眺めているのです。それも死から遠い安全な観客席に身を置いたまま、自分の身の安全を確保した上で、死を眺めているのです。次の引用は彼が感じ取った闘牛のエッセンスともいうべき、最も本質的な部分と言えるでしょう。

闘牛の最大の情緒的魅力の真髄は、闘牛士が崇高なフェアナ（闘牛士がムレタを使う場面）の只中で感じ、観客にも感じさせてくれる不死の感覚です。彼は芸術作品を演じ、死と戯れ、死を自分の近くに、もっと近くに、ずっと近くに引き寄せる…。彼は観客に不死の感覚を与え、観客がじっと見ているうちに、それは観客自身のものになるのです。やがて、その感覚が両者のものになると、彼は剣でそのことを証明するのです。

ヘミングウェイが闘牛に期待していたものは明らかです。闘牛士の演ずる見事なフェアナの瞬間、瞬間を通して、死の恐怖を乗り越えられたと確認することで、カタルシスを味わっていたのです。彼はフェアナの最中に「不死の感覚」を疑似体験していると言っていいでしょう。彼が闘牛場へ足繁く通うのは、この感覚を人知れず繰り返して味わう一点に収斂される、と言っても決して言い過ぎにはならないでしょう。

三年後の三五年に発表した『アフリカの緑の丘』と『午後の死』を明確に峻別するのは、ヘミングウェイが観察者として安全な所から死を眺めるのではなく、銃で身の安全を確保した上で、死の執行者として死と関わることなのです。本書は三三年の十二月から翌年の二月にかけておこなったサファリ体験について語ったものです。戦場で受けた敵の一発の砲弾が、彼の文学に決定的な影響を及ぼした訳ですが、動物を仕留めることで、彼はその立場を逆転させる機会を得たのです。被弾者から死の観察者へ、そしてついには死の執行者へ。自己の内部に抜き差しならぬ傷を負ったものにとって、このような死を巡る立場の逆転は、まさに精神の浄化以外の何物でもないはずです。サファリを通して、彼は間違いなく死の恐怖から覚醒したのです。巧妙に隠されていますが、彼は本書でそのことに触れずにはいられなかったのです。少し長くなりますが、重要な部分ですので引用します。

…少し興奮していたので、ぼくがこれからしようとしていること（＝撃たれた動物がどのように感じ死に至るかを考えること）は、すべての猟人が受ける罰だと考えた。気分がよくなると、仮に罰だとしても、それは償ってしまった罰なのだと心に決めた。少なくとも、自分がしていることはわかっていた。ぼくの身に降りかからなかったことは、何ひとつしていない。ぼくは撃たれて足を引き摺って逃げたことがあった。いつも何かで殺されると思っていたが、そんなことはもう本当にどうでもよかった。

この引用からも、『アフリカの緑の丘』の世界は、彼の被弾体験の延長上に位置しているのがわかるでしょう。とにかくヘミングウェイが観念だけでなく、自分で死の執行者の役割までも担うことで、一種の清算を試みていたのだと見るべきでしょう。こうした視座から見据えると、『午後の死』と『アフリカの緑の丘』という二冊のノンフィクションにおける死への接近は、病んだ精神の深みに澱む死の恐怖を、必死になって超克しようとする一面を有していたことがわかるでしょう。

　これまでヘミングウェイが作品では避けて触れないでいたことを書くことによって、さらには闘牛見物をして不死の感覚を闘牛士と共有し、サファリをおこなって動物を撃つことで、自己を苦しめていた被弾体験の衝撃を克服したことを明らかにしてきましたが、このことが作品上と実際に書いた手紙によってもこの時期に顕在化してきた例を、少し挙げてみたいと思います。

　作品に関しては、「フランシス・マカンバーの短い幸福な生涯」が一番に思い起こされます。このやや長めの短編小説は、『アフリカの緑の丘』が出版された翌年、『コズモポリタン』誌の三六年九月号に発表されます。主人公のマカンバーはサファリに来ていてライオンから逃げ出し、臆病者と蔑（さげす）まれますが、その翌日、突如勇気を奮い起こしてバッファローに立ち向かい、何とも言いようのない幸福感を得るのです。ところが暫くして、その死んだはずの手負いのバッファローが茂みから飛び出てきたため、銃撃しますが一発では仕留められません。いよいよバッファローが間近に迫ってきて、その角が自分を突き上げようとしたとき、彼は自分の頭の中で閃光が爆発するのを感じます。夫を助けようとして車上で見ていた妻が、バッファローを狙って撃った銃弾が、彼の頭蓋骨に命中したのです。この場面が、実は彼らの夫婦関係の微妙な心理の揺れ、もしくは妻の殺意の有無を描いたものとして、興味は尽きないのですが、ここでは触れずに本題に戻ります。

「短くて幸福な」というタイトルはマカンバーの結末を考慮すれば、何とも皮肉な響きを持っていますが、臆病者と蔑まれていたマカンバーにしてみれば、勇気が湧き上がる刹那に、これまで味わったことのない幸福感を得たのです。彼にとって、これこそ意味のある生の発見だったのです。この瞬間に凝集された生の高揚は、その短さゆえに、読む者にはなおさら美しく思えます。こうしてヘミングウェイは勇気と幸福感をバネにして、死を超越する生を、短い一生で示すことになる主人公を創造したのです。

次に、被弾体験の衝撃もしくは死の恐怖といった、彼を苦しめていた問題を、ヘミングウェイが克服しつつあった例を示す手紙について、若干紹介したいと思います。一九三六年七月、スペインで内戦が始まったことは先に述べました。『アフリカの緑の丘』を出版したほぼ一年後のことです。当時スペインは、三六年二月の選挙で勝利した人民戦線がアサーニャ内閣を組織し、共和政府が成立します。ところが同年七月スペイン領モロッコにおける軍部の反乱を契機に、スペイン内戦の火蓋が切られます。民衆の抵抗にあい、ファシスト政権を樹立しようとする軍の当初の計画はつまずきますが、反乱軍を率いるフランコ将軍は首都マドリードを目指して進撃を開始します。彼らは資本主義国の支配層を納得させるために、「反共」スローガンを用いました。これに対し、スペイン政府は共和国対ファシズムの戦いと主張していました。重要な点は、人民戦線を共産主義と同一視して恐れたイギリスが、反乱軍を援助したナチス・ドイツ、ファシスト・イタリアに妥協的で、彼らが反ソ連、反共、反民族運動に向かうことを期待していたことです。同様に、フランスはスペイン政府に不干渉の立場を、アメリカは中立的態度を取りました。

ヘミングウェイが従軍記者として、五カ月に及ぶ反乱軍の包囲攻撃に耐えているマドリードに入るのは、三七年三月のことです。彼は熱烈に共和派を支持する立場を取り、「スペインの大地」というプロパガンダ映画の撮影に多くを費やしますが、マドリードへの砲撃が続くなかで、前線を訪問しては精気が蘇えってくるのを感じていたそうです。結局四十五日間のスペイン滞在中に十一本の記事を北米新聞連盟（NANA）に配信しました。

余談ですが、民主義国家の立場に反し、ソ連が味方する共和派を支持し、帰国後「スペインの大地」という映画を引っさげて「ファシズムの嘘」という演題でアメリカ作家会議において演説し、後日その内容が共産党系の新聞『ニュー・マッセズ』に掲載されたことに照らして、ヘミングウェイ確信犯説が囁かれるようになりました。さらなる研究が必要でしょうが、『誰がために鐘は鳴る』において、唯物弁証法を無批判に信じて内戦に身を投じた主人公が、徐々にそれから覚醒する過程で、自分が信ずるのは三色のフランス国旗に込められた「自由、平等、博愛」であり、アメリカ独立宣言の理念である「生命、自由、幸福の追求」であることに思い至る場面もあり、時の経過とともに確信犯的行為に気づき、修正を試みた可能性も捨て去ることはできません。

少し回り道をしましたが、たとえ主義はどうであれ、これまで見てきたように、さまざまな方法で死の恐怖を克服していたのだとしても、ヘミングウェイが身の危険を賭して、どのような心持でスペインの戦場に赴いたのかを知ることは重要です。帰国後、二番目の妻ポーリーンの母親に宛てた三七年八月二日付けの手紙があります。彼女は彼のスペイン行きに反対した人物ですが、その彼女に向かって「スペインの内戦は、死の恐怖や他の諸々の恐怖全てを、完全に拭い去ってくれました」と死の恐怖の呪文が解けたことを述べているのです。

もうひとり、ロシアの批評家で翻訳家でもあるイワン・カシュキンという男がいました。その彼が三五年八月に、『勝者には何もやるな』までのヘミングウェイの文学を論じた論文を送ってきたのです。一九二九年十月に始まった大恐慌以後の危機的な時代の転換期にあって、彼の文学はブルジョワ的であるために腐敗していると舌鋒鋭く批判したのです。カシュキンは彼に文学の質の転換を迫り、アメリカを共産化する一助にしようという野望を抱いていたわけで、彼の文学が腐敗から脱出するためには、プロレタリア文学を志向するしかないと促したのです。こうしたカシュキンの主張は、当時のソヴィエト・ロシア共産党が配給していた五カ年計画に基づいて、建設途上にある社会主義社会の現実は、肯定的に描かなくてはならない、という社会主義リアリズムと呼ばれる芸術理論に沿ったものだったのです。

ヘミングウェイはこの誘いに関し、好意と敵意の入り混じった返書をしたためましたが、そのなかで誘いに乗れないことを明言しています。その要諦は、以下の三点に要約されます。第一は、自分は自由を信じているので、共産主義者になれない。第二に、国家に関心はないが、国家権力は最小なのがよい。そして第三は、真の芸術作品は、政治的信条が何であろうと、永遠に不滅であること。ヘミングウェイはこうした自身の信条に一貫して殉じたといっていいのです。

ヘミングウェイは都合四度スペインの戦場に赴いたのですが、共和派の敗北が確実になった三九年三月二十三日付の手紙で「ほんの若造だったイタリアの戦争では、大変な恐怖心を抱いていました。スペインでは二週間もすると、何ら恐怖を感じることもなく幸せでした」とカシュキンに宛てた手紙で述懐しています。この文章からは戦時下での自信のようなものが伝わってきます。同時にまた、彼が作品や手紙でも、戦場で恐怖に苛まれなくなったことに言及するのは、それだけ彼がこれまで受けていた心の傷が大きく、常に意識せざるを得なかったことの裏返しに違いありません。

ヘミングウェイはこれまで述べてきた種々の手順を踏んで、先ほど述べた『誰がために鐘は鳴る』の制作に取り掛かるわけですが、この段階でやっと自己の死が必然なのを意識して、愛する国スペインを救うために身を投じたアメリカ人のロバートを創造することが可能になったのです。

大事なのは、『武器よさらば』と『誰がために鐘は鳴る』の主人公の、社会と対峙する姿勢です。前者では主人公のフレデリックが社会から逃亡したのに対し、後者では主人公のロバートが積極的に社会に関与しようとする意欲で満ち満ちていることなのです。鉄橋爆破の命令を受けたときから、死を覚悟して、自己犠牲の精神や仲間との連帯を絶えず自問自答していた彼が、「学んだことを何とかして伝えられたら」と渇望したように、自分の思いが、やがて信ずるもののために戦うであろう後世の人々に、脈々と受け継がれていくことへの確信が持てたからなのです。この変貌は、作者の心の中で癒しの効果が働いていなければ、決して成し得なかったことでしょう。言い換えれば、この時点になってようやく、たとえ小さな存在であろうと、自己の存在をしっかりこの世に刻印できる、『老人と海』のサンティアゴのようなヒーロー像の創造に、ヘミングウェイが取り掛かる端緒が開かれたということなのです。

肉体の衰えと創造力

ヘミングウェイが四〇〇頁を遥かに超える大作『誰がために鐘は鳴る』を世に出したのは一九四〇年、四十一歳のときでした。翌年二月に結婚したばかりの三番目の妻マーサと新婚旅行を兼ねて、日中戦争を取材する目的で中国へ出かけました。五月の初めまで滞在し、帰国後『PM』という新聞に七本の記事を連載しました。中国に肩入れする米国、ソ連、ドイツの動きに触れながら、日米開戦の可能性ついて様々な角度から分析したものですが、感傷に流れることなく、その客観的な分析は的確なものでした。

この年の十二月八日（日本時間）に真珠湾攻撃をおこない、すでに日中戦争の最中であった日本は、英米を中心にした連合国との全面戦争に入ります。三九年九月にドイツがポーランドに侵攻して、すでに第二次世界大戦の火蓋が切られていたわけですが、腰が重いへミングウェイが従軍記者としてヨーロッパの地へ赴く気になったのは、大戦開始後四年以上も経った四四年五月のことでした。まずロンドンではハイド・パークと道を隔てて接しているドーチェスター・ホテルに落ち着きましたが、『誰がために鐘は鳴る』を脱稿してからほぼ四年の歳月が流れていました。戦争を主題にしてきた作家にしては、戦場を訪れるのが余りにも遅すぎた印象を受けます。しかも、ロンドンが空爆を受けていたとはいえ、前線であるフランスへ渡ったのは、ロンドンに到着してから二カ月後の七月末になりました。

このときから、従軍記者の資格ながら、十二月中旬までチャールズ・ラナム大佐指揮下の第二十二連隊と行動を共にすることになります。この間、八月上旬にはジープの事故で脳震盪や頭痛、複視を患い、十二月初旬には肺炎で体調を崩し、連隊から離れることも多かったようで、彼の第二次世界大戦時の従軍記者としての仕事は事実上終わりました。結局、契約を結んだ『コリアーズ』誌に寄稿した記事は六本に留まりましたが、どれも豊富な経験と知見に基づいて、戦況を読み取った中身の濃い記事になりました。

なかには、連合国がノルマンディーに上陸し、対独反抗の口火を切った六月六日のDデーの現場を船上から目撃した「勝利への航海」、英国空軍戦闘機に搭乗し、V・1ロケット（別名「ロボット爆弾」）迎撃の模様を目撃した「ロンドン、ロボット爆弾と戦う」、或いはパリ解放に向けた機運が熟すと、連隊の進攻にパルチザンと共に参加した「パリ奪還の戦い」、「パリへの道」等、当時の記録としても読みごたえのある優れたものばかりでした。

ここで問題にしたいのは、記事の内容よりも、その数の少なさです。スペイン内戦の記事は、NANA通信と『ケン』誌で併せて四十本余に及んでいますから、滞在日数の違いを考慮しても、異常な少なさです。しかも四〇年の『誰がために鐘は鳴る』を出版してからの十年は、中国とヨーロッパ滞在の一年余を除けば、創作に割ける時間は十分取れたはずです。実際、ヘミングウェイは中国から帰国して以降、従軍記者としてヨーロッパにいた九カ月を除き、イタリアに向けて旅立った四八年十一月中旬までの約八年間の大半は、住まいのあるキューバかアイダホ州のケチャム（サン・バレー）で過ごしていました。

ヘミングウェイは四五年三月早々、ドイツの降伏を見届けることなく帰国の途に就きました。二〇年代に続いて三〇年代が、沢山の記事だけでなく、すでに説明した二つのノンフィクションをはじめ、幾多の短編小説と長編小説の『持つと持たぬと』、及び内戦時のマドリードを舞台にした戯曲『第五列』を発表して、作家として最も活力があり創造力に満ち溢れた時代であったことを考えれば、四〇年代が一冊も作品を書かなかった沈黙の時代であったというのは、いかにも特殊というか奇異な時代であったように思えます。

従軍記者をしている最中に「陸・海・空」の物語を執筆する構想を明かしていましたが、キューバに帰還して、いったんは「空」の物語を書き始めたものの、少し書いただけで直ぐ執筆を断念してしまいました。ヘミングウェイに完成するだけの体力と気力が整っていなかったことが考えられます。とくに四七年以降、体調面で高血圧と耳鳴りを患っていたことが、彼の気力の妨げになったこともあるのでしょう。また、世間が第二次世界大戦に基づいた作品を、当然のことのように期待していたことも、大きなプレッシャーになっていたに違いありません。

沈黙の理由は、やはり体力面での衰えが、気力と創造力の減退につながったと考えるのが適切ですが、ここでは少し別の角度からヘミングウェイに起こった意識の変化、あるいは社会を見つめる視点の変化について語ってみたいと思います。

二つの序文と原爆投下

先ほど四〇年代は、中国とヨーロッパ訪問時に書いた記事以外、小説をまったく発表しなかったことに触れましたが、唯一の例外は二つの書物に重要な序文を載せたことです。ひとつは第二次世界大戦最中の四二年三月に、『戦う男たち』という作品集の編集と序文を引き受けたことです。序文は八月に書きましたが、書名に相応しい作品の選定をおこなうのに、大変な労力が費やされたものと推察されます。本書は優に一、〇〇〇頁を越え、Part 1 から part 8 まで八つのパートに分かれ、計八十二の論説と物語からなっています。まず、選定したヘミングウェイの膨大な読書量に言葉を失いますが、自著からは『誰がために鐘は鳴る』の二十七章、反乱軍のベルレンド中尉が登場する山の頂での戦闘場面と、『武器よさらば』のカポレットの敗走場面、それにＮＡＮＡへ配信した記事の「マドリードのお抱え運転手」の三つを選びました。献辞が三人の息子になっており、「To John, Patrick and Gregory Hemingway と記されているのが不自然なほど目を引きます。

序文は小さな文字で二十頁に及んでいますから、かなり大部なものと言えますが、ここには収録作品の解説以外に、身をもって戦争を体験してきた筆者が抱く、戦争感と戦地に赴く若者への貴重な忠告も含まれています。まず本書を編んだ意図を次のように説明しています。

本書はいかに死すべきかを語るのではなく、我々の知っている先人たちが遠い昔からいかに戦い、死に至ったかを語るもので、それを読めば、戦争こそが人類が経験したなかで最悪なのがわかるであろう。

ここでもヘミングウェイの関心が死に注がれ、戦争を悪と捉える視座は明快です。そしてその本質を次のように見抜いています。

先の戦争に加わり、戦傷を負った本書の編者は、戦争を憎み、あらゆる政治家を憎んでいるが、彼らの不手際、軽信、強欲、利己性、野心こそが、この度の戦争を引き起こし、不可避なものにしたのです。だが、戦争に突入した以上、成すべきことはただ一つ、勝たなければなりません。敗戦は、戦争で起こり得るどんなことにも増して、最悪の事態をもたらすからです。

自分の戦傷をはじめ、多くの若者の命を奪った政治家への嫌悪や不信は並大抵ではありません。長い年月をかけて、ヘミングウェイの心に醸成された政治家への怒りは、戦争の本質を鋭く見据えた結果と言えましょう。しかし、「戦争に突入した以上、成すべきことはただ一つ、勝たなければなりません」という主張は、スペイン内戦で反乱軍に敗れた共和派の惨状を目撃した、従軍記者としての教訓がそのような確信を抱かせたのでしょう。

この序文は、明らかにヨーロッパで戦われている第二次世界大戦を意識し、アメリカ国民、特に戦場に赴くアメリカの若者たちに、勝たなくてはならないことを強く訴えたものです。先ほど『誰がために鐘は鳴る』の説明で触れたように、主人公のロバートが後世の人たちに託した信念が、ヘミングウェイの信念として表明された訳です。なぜなら、この作品集を編集するに当たって、やがて戦場に赴くであろう三人の息子の存在を、献辞で示したように、多分に強く意識していたふしが見受けられるからです。彼は次のように述べています。

この序文の筆者には三人の息子がおり、ある意味で彼らをこの言語に絶する混乱の極みの世界に導いた責任があります。それゆえ、この序論を個人の感情を交えないものと受け取るより、私的なものと考えて欲しいのです。本書は三人の息子が必要なときに、戦争について真実が記された本を手に取れるように編集したもので、私が一番必要としていたときになかったものなのです。経験と取り換えることはできませんが、経験の足しにはなるでしょう。本書は戦う男たちの真の姿を伝えようとしたもので、プロパガンダではありません。

この文章では、父親の顔と、従軍記者として戦場でこれまでのようには十分な活躍ができない肉体の衰えを実感し始めた男の、複雑な心情を表白したのかもしれません。父から息子へ語り継ぐこと。それは明らかに未曾有の戦いに臨む自身の立場の変化、及び世代交代を強く意識せざるを得ない年齢に達した者の、息子たちへの正直な心の表出と解釈できるでしょう。この辺に、ヘミングウェイがヨーロッパの地へ赴くまでに、大戦の火蓋が切られてから五年近くの歳月を要した理由があるように思えてなりません。

もうひとつの序文は、ヨーロッパからキューバに戻って八カ月目に、依頼されていた『自由世界に捧げる珠玉の散文選集』という大部な論説集に書いたものです。創作への気力がみなぎるまでに至っていませんでしたが、暖かいキューバに戻って、ヨーロッパで受けた脳震盪の後遺症に苦しむことはありましたが、ひたすら健康の回復に努めていた時期に当たります。本論は三頁と短いもので、ただFOREWORDとあるのみで序文のタイトルはありません。序文の末尾に*San Francisco de Paula, Cuba*と執筆し終わったときの場所を記した後に、*September 1945*と脱稿時期が共にイタリック体で記されていますから、日本の敗戦を見届け、第二次世界大戦が終わったことを確認して執筆していたことがわかります。

なお、この序文が載った書籍は翌四十六年に出版されますが、その後月刊誌『フリー・ワールド』の三月号に、「投石器と丸石」という標題で再録されます。標題の「投石器と丸石」は旧約聖書「サムエル記」十七章にあるダビデが丸石を一個、仕事に使っている投石器に入れて一回振り回しただけで、巨人ゴリアテを倒した武器に因んでいますが、ここではアメリカが広島と長崎に落とした二発の原子爆弾を示唆するために用いています。

この序文は、短いとはいえ、大戦後の世界にどう対処すべきか、ヘミングウェイの思想の核心部分を率直に披歴した点で注目に値します。それは人類が引き起こした最大の惨劇の本質を冷静に見つめただけでなく、来るべき世界への警鐘という意味でも重要なのです。私は原爆投下でヘミングウェイが受けたショックが並大抵なものではなかったと信じています。そうでなければ、後ほど述べる『老人と海』で展開される世界のような、彼の作品の系列とは一味違う作品は、決して生まれなかったと信じているからです。

彼が序文で指摘しているように、世界の様相は広島に原爆が投下された時点で、一変したのです。この動かしがたい事実への洞察が、この序文の出発点になっています。ソ連がやがて同種の大量殺戮兵器を保有する可能性を、すでにこの時点でほのめかしているのは慧眼ですが、ここで核兵器が登場したことで「兵器が道徳的問題を解決した例(ためし)などなかったと肝に銘じるべきだ」と断じていることは、二度の大戦を経験したヘミングウェイの世界観として重要です。なぜなら「兵器は有無を言わせず問題の解決へ導きますが、それが正当な解決方法だと請け合うことが出来ないからです」と彼は続けて述べています。こうした論理は、「たとえどんなに必要で、どんなに正当化される戦争でも、戦争が犯罪にはならないとゆめゆめ思ってはなりません」と勝者を戒めることで補強されています。つまり、人類は「この世界を守るために、ただ戦えばいいというより、この世界を理解しようと努めるのが義務である一層困難な時代」に突入したという現状認識が、彼にこう言わせているのです。これからの戦争は、人類が核兵器を手にした以上、想像を絶する悲惨な結果にならざるを得ず、絶対に戦争になる前に問題を解決する知恵が必要になるのです。

大戦が終わった今、ヘミングウェイの関心は惨禍の引き金になった敗者ではなく、むしろ勝者の、すなわち――国名は挙げていませんが――米国の今後の振舞いに向けられています。勝者の側にこそ、崩壊からの人類全般の平和共存の道を探る義務があるというのが、第一次世界大戦の戦後処理の拙さが、この度の世界を大々的に巻き込む大戦へと繋がっていったのを、目の当たりにしてきたヘミングウェイが導き出した結論なのです。では、どうすればいいのでしょうか。「ひたすら勉強する以外にないのです。われわれが信じたいものだけを勉強するのではなく、公平な目で世界を考察しようと努めるのです。大変な仕事になるでしょうし、そうするには受け入れるのが不快なものも多く読まなくてはならないでしょう。しかし、これこそ今や人類が最初にやらなくてはならないことなのです」へミングウェイはこう呼びかけているのです。敵国の立場も理解すること、これが和解と人類の結束の条件だという訳です。序文から強く伝わってくるのは、彼が過去よりも、戦争のない世界を構築するための方策、ひいては人類の未来に心を砕いている事実なのです。

この序文について詳しく触れた伝記とか研究書はほとんどありませんが、ヘミングウェイが創作を再開する際のテーマの選択に、少なからず影響を及ぼしたことは明らかです。彼が序文で「私たちの義務」の一つに挙げているように、「すべての人がこの地球上で一緒に暮らす方途を見出すこと」に、その後の文学の方向を定めたような気がしてなりません。

もう一つの戦争小説

先ほど少し触れましたが、ヘミングウェイは従軍記者をしているときに、大戦に関する「陸・海・空」の物語を執筆する構想を明かしていました。実際、キューバに帰還してから、カリブ海での対独潜水艦諜報活動の体験を下敷きにした「海」の物語を書いていました。ヨーロッパの戦争に関しては「空」の物語を書き始めたものの、少し書いただけで直ぐ断念してしまいました。こうした創作上の迷いは、大局的な視点に立ってあの大規模な戦争を描くことの困難さを別にすれば、先の序文で暗にほのめかしていたように、戦争の物語を書くことに意義を見出せずに逡巡する、ヘミングウェイの意識の反映とも解釈することができるでしょう。

誤解を恐れずに言わせてもらうと、大戦後のヘミングウェイの視座は、過去の過ぎ去ったことより、遥かに人類の未来に引き寄せられていたと見るべきでしょう。いずれにせよ、ヨーロッパで公言していた「陸・海・空」の物語の他に、執筆開始時期については諸説ありますが、この時期に未完の『エデンの園』、あるいは「海」の部分に当たる『海流の中の島々』を執筆していたことも確かです。まさに、創作上のテーマを巡る試行錯誤の時期だったと言っても過言ではないでしょう。

こうした状況のなかで、悩みに悩んでいた、さ迷える作家に突然奇跡が起こるのです。一九四八年十一月に、四番目の妻メアリーを伴って、イタリアに出かけたヘミングウェイは、ヴェニスで出会ったうら若き乙女に恋心を抱いたのです。アドリアーナ・イヴァンチッチというもうすぐ十九歳になる娘は、ヴェニスの旧家の出で、大戦直後の内部抗争で父親を亡くしています。彼女との邂逅は、先ほど述べたように、『エデンの園』と「陸・海・空」の物語が思うに任せず、閉塞状態に陥っていたに違いないヘミングウェイに、一時的にせよ執筆中の作品を放棄させるだけの衝撃を与えたことは間違いありません。なぜなら、アドリアーナとの邂逅が直接の契機になって、彼は全てを投げ打って、『河を渡って木立の中へ』を執筆し始めるからなのです。従軍記者としての派手な振舞いとは裏腹に、小説家へミングウェイにとっては、まったく小説を書けないでいた十年近い沈黙が、相当な心の重荷になっていたことは想像に難くありません。大袈裟に言うなら、アドリアーナはミューズさながらに、ヘミングウェイの作家生命を救ったのです。

彼が脳震盪の後遺症や高血圧、さらには耳鳴りで苦しんでいたことには触れましたが、四九年三月に左の目尻の引っ掻き傷が原因で、顔全体が丹毒に侵され、緊急入院しています。医者が顔に皮膚疾患を引き起こした丹毒の菌が、脳に感染するのを恐れたための入院だったようです。このときの失明するのではという恐怖の思いは、『老人と海』以後、自分の意志で発表した『アトランティック・マンスリー』誌の一九五七年十一月号に掲載された二つの短編「盲導犬を飼え」と「世慣れた男」という形をとってフィクションになりました。彼は退院後まもなく『河を渡って木立の中へ』を書き始めましたが、当時の健康状態を考えると、自身の体力の衰えや老いまでも、主人公に投影させたことがわかります。主人公のリチャード・キャントウェル大佐は、合衆国陸軍大佐で五十歳。ヨーロッパ戦線で一連隊を全滅させたため大佐に降格しています。その上、心臓疾患を患っているため、余命いくばくもないのです。

このような状況で、ヴェニスに休暇でやって来たとき、アドリアーナと出会うのです。十九歳のときに、この町を守るために戦ったので、愛着があるのです。その後、スペイン内戦を経て、ヨーロッパ戦線にも従事したので、年齢だけでなく、多くの点で作者と等身大の人物と言えます。体に刻まれた数々の傷跡、やがて襲うであろう心臓発作の予兆、そして降格を味わった軍人の末路、こうした幾つもの符牒からも、彼が人生の黄昏時に足を踏み入れたのが暗示されています。

この前提に立って、『河を渡って木立の中へ』の特徴を、掻い摘んで説明することにします。アドリアーナを別にすれば、イタリアに縁(ゆかり)のある二人の人物こそが、ヘミングウェイが彼女に抱いた甘美な幻想を、物語の次元にまで誘(いざな)ったのです。ひとりは、国民的英雄、ガブリエーレ・ダヌンチオです。彼はイタリアの国境線を定めようとするベルサイユ条約に逆らって軍事的行動を起こし、イタリアの窮状を救った人物です。ジャーナリストから詩人、小説家、劇作家に転じ、多彩な才能を発揮しました。ヘミングウェイは二十歳のころ彼の恋愛小説『炎の恋』を読み、愛読書に加えたほどです。それは彼自身の女優エレオノーラ・ドゥーゼとのロマンスを下敷きにしたもので、キャントウェル大佐が二人の恋の成就に思いを馳せるように、ヘミングウェイがダヌンチオに倣って、アドリアーナを主人公にするロマンスを書く霊感を得たのだとしても、十分納得がいくことでしょう。ただし、年端の違う二人の恋愛は、不可解かつ不自然で、説得力を持ちません。人生の表舞台から窓際に追いやられ、老いを思い知らされた者の悲哀だったのでしょう。

もうひとりの人物はダンテです。ヘミングウェイが『河を渡って木立の中へ』で伝えたかった真意は、ダヌンチオよりも遥かにダンテの方に重きが置かれています。キャントウェル大佐は「わたしはミスター・ダンテだよ」とヒロインのレナータに向かって何度も繰り返します。その意味は、早世したダンテの永遠の恋人ベアトリーチェが『神曲』で果たした役割を、レナータに担わせたいという作者の願望の表れを示しています。『神曲』では、罪悪にまみれたダンテの魂が、悔悟と浄化を経て、ベアトリーチェに誘われて永遠の天国へ向かって行くのです。

つまり、ヘミングウェイが試みようとしたのは、中世キリスト教の世界観である魂の救済物語を、レナータが導くキャントウェル大佐の魂の救済物語に置き換えることだったのです。このような枠組みを設定すれば、大佐の過去、つまりは戦争中の出来事に触れないわけにはいきません。もし再び戦争に関する物語を書くとすれば、先ほど述べたように、戦争について書く意義を見出せずに、そうした時代の趨勢を認識していたヘミングウェイにとって、大変な自己矛盾に陥ることになるからです。アドリアーナとの邂逅は、すでに述べたように、まさに渡りに船だったのです。この矛盾を克服する端緒が、彼女の出現によって開かれたからなのです。

矛盾の渦中にあったのは作者だけではありません。キャントウェル大佐も、この矛盾を意識していました。それはレナータに戦争について聞かせて欲しいと何度もせがまれながら、逡巡する彼の姿勢に見て取れるのです。なぜなら、彼が幾度となく心の中で反芻するように、人が他人の戦争話を聞くのがどれほど退屈か気づいていたからなのです。しかしながら、結局この誘いに乗らざるを得ないのです。戦争こそが、彼の全人生であり、死に臨んで心に刻まれた自身の戦争感とでもいうものを、洗いざらい吐き出したい衝動に駆られているからなのです。ヘミングウェイが『戦う男たち』の序文で三人の息子に伝えたかったのと同じ理屈です。ある意味で、これを最後に戦争小説を書かない決断をする上で、必要な儀式だったのかもしれません。

このように捉えると、『河を渡って木立の中へ』で試みたことは、ある意味で小説家としての清算、あるいはけじめのつけ方だったのではないか、と断定したい誘惑にかられます。それは、ニック・アダムズに始まり、ジェイク・バーンズ、フレデリック・ヘンリー、ロバート・ジョーダン、リチャード・キャントウェルといったヘミングウェイが生み出した主人公たちが負った心の傷を、浄化する試みでもあったと言えましょう。それゆえ、キャントウェル大佐は過去の記憶に拘り続け、まるで自制心から解き放たれたかのように、生涯に三つの大隊と三人の女を失ったこと、嘘で凝り固まった軍への不満、戦争小説家に対する痛烈な非難などを、次から次へと吐き出すのです。こうして、あるときは自己を苛み、またときには他者を痛烈に批判しつつ、自分が犯した失敗の悪夢を思い出しては、心に澱む古傷を明かすのです。

聞き役に徹するレナータは、平和になった時代にあって、読者がこのような主人公の戦争への拘りを、時代錯誤と感じないようにする防波堤になっているのです。この物語を注意深く読むと、キャントウェル大佐は心の奥底に沈潜している戦争の記憶を、自分から積極的に語ろうとしているのではありません。常にレナータに促されて語っているのです。ヘミングウェイの狙いは、「私にいろいろお話になって、悲痛な思いを取り除いた方がいいとはお思いにならない」……「あなたに神様の幸福な恵みを抱いて死んでいただきたいという私の気持おわかりにならないの」という、レナータの相手を思いやる言葉にこそ現れているのです。彼がレナータに促されて戦時の苦々しい思いを語るのは、作品に明示されているように「語り聞かせる（lecturing）」のではなく、「懺悔（confessing）」しているのです。キャントウェル大佐の死に臨んでの魂の救済物語は、レナータに導かれて可能になったのです。ヘミングウェイはこの作品を書いた後、二度と戦争について書くことはありませんでした。一九五〇年六月に勃発して、米兵の死者が三万人余に達した朝鮮戦争に、心を動かされた痕跡もありません。

不死鳥のごとく

五〇年九月に『河を渡って木立の中へ』が出版されると、大物作家が長い沈黙をした後の新作だけに、一年も経たぬうちに十二万五千部を売り切りました。ところが、批評は少なからず芳しくないものがありました。なかには今後の作家活動を疑問視するものさえありました。作品の出来に手ごたえを感じていただけに、ヘミングウェイはこうした批評に腹を立て、深い気鬱に陥ったそうです。

不安定になった精神状態から、ヘミングウェイがどのように立ち直って、再び筆を執る気になったのか、内実をうかがい知るだけの説得力のある説明をした伝記はありません。とにかく、素行がひどくなり、周囲の者に、とりわけ妻のメアリーに辛く当たったそうです。『河を渡って木立の中へ』が出版されてから、ほぼ一年二カ月後の十月末に、アドリアーナが母親を伴ってキューバにやってきました。ふたりは翌年二月初旬までキューバに滞在していましたが、ヘミングウェイはふたりを愛艇ピラール号に乗せて、嬉々としてカリブ海周辺の島々を案内しました。アドリアーナは自分をモデルにした小説を気に入りませんでしたが、彼の助けになったことを誇りにしていました。後年、『白い塔』という自著で、キューバにやって来た頃のことを、次のように回想しています。

私は活気にあふれ、熱気がみなぎっていたので、それを彼に注ぎ込みました。彼は再び書き始めましたが、思いもよらず何もかもうまくいくように思えました。彼は書き終えると、別の著作に、私に言わせれば、遥かに優れた著作に取り掛かりました。彼は、今や再び、しかも上手に書くことができました。それで彼は私に感謝したのです。

ここで言う別の著作とは、もちろん『老人と海』のことを指しています。ヘミングウェイが着手したのは十二月か、遅くも翌年一月早々だったというのが、学者や批評家たちの一致した見方です。彼が批評に手痛い打撃を受けて、創作への意欲を失いかけていた状況から立ち直ったのは、アドリアーナが身近にいたことが大きく作用したのかもしれません。しかし、そんな単純な事ではないでしょう。不安定な精神状態、大戦後の創作をめぐる混迷、創作意欲の減退といった彼につきまとった否定的要因を考慮に入れるなら、『老人と海』は奇跡としか言いようがないほどの完成度を示しています。何かの拍子にヘミングウェイの意識が澄み渡り、彼に充実した日々が訪れたのだと推測するしか、この奇跡を説明できないのです

あるいは彼の神経が研ぎ澄まされ、自己をそして自身の文学を顧みる瞬間が訪れたのかもしれません。そして浮世の憂さを超越し、人間に宿る崇高な精神に思いを馳せる瞬間があったのかもしれません。彼がこのような瞬間に遭遇したと思わせるのは、『自由世界に捧げる珠玉の散文選集』の序文で触れた広島に原子爆弾が投下されたことと無関係ではありません。彼は原爆の出現で、これまで人類が築いてきた文明の存続に、つまりは人類の永続的な未来に、これまでにないような強い危機感を覚えたに違いありません。そのため、文明を存続させるのに絶対必要な、道徳観とか倫理観を体現できる人物を模索していたのです。そのためにヘミングウェイが必要としたのは、政治、経済、戦争といった一時的な社会現象を超越した、人間そのものの根源的な姿を描くことだったのです。

まさに『老人と海』は、その意味で、彼の他の作品とは異質の、彼を作家として一段高い領域にまで押し上げた作品なのです。それは前作のように過去に拘泥する男の物語ではなく、現在の刹那にこそ生を燃焼させる男の物語でした。主人公の老漁師サンティアゴは八十四日間まったく獲物が釣れない日々が続いたにもかかわらず、ひとりメキシコ湾流の大海原に出で、いつかかるとも知れない大魚に狙いを定めています。老人は、これまでの主人公とは違い、女や酒、そして戦争とも無縁な世界にいます。大海原でただ一人であり、すでに陸地は見えません。ひとりで小舟を操り、その非近代的な装備と相まって、文明から遠く離れたところ、いわば原初的な自然に最も近いところにいるのです。しかも、闘いをひとりで強いられたという意味で、これほど孤独な個人はいないのです。

このような状況設定を勘案すると、ヘミングウェイがサンティアゴを裸のままの人間として捉え、何ものにも左右されない本来の人間性、要するに人間に内在する本質的な生の何たるかを示そうとしているのがわかります。齢(よわい)を重ね、ヘミングウェイはとうとう究極のあるべき人間の姿、つまりは自身が理想とする人間の姿を、真に自分のものとして描ける段階に達したのです。

サンティアゴが血の通った人間として存在感があるのは、今を生きる人間には妙に懐かしい人間らしさを具現しているからなのです。大魚と闘ううちに、鳥や魚は自分の友達だと考え、やがて月や星さえも友達だと思うようになります。彼はいわば自然の懐に抱かれているのです。人間のあるべき姿としてヘミングウェイが最も好んでいた「先住民たちがアフリカの大地と調和して生きている」(『アフリカの緑の丘』)状況と酷似しています。したがって、彼は「自分が今どんなに独りぼっちかを知」りながらも、すぐに「海の上では孤独なやつはだれもいない」と気づくのです。彼はすでに自然の一部になっていると言えます。大魚と闘っていながら、相手を"you"とか"he"と呼ぶのは、大魚への畏敬の念だけでなく、ある種の友情を抱くことができるからなのです。

とは言え、自分が闘わなければならないのを知っています。強者のみが生き残る自然の掟を知っているからなのです。彼は魚の売り上げを考えるのを止め、魚を仕留めることに全力を注ぎます。こうして大魚との一対一の闘いに没入していくわけですが、知力の限りを尽くして闘えば闘うほど、自分の弱さに気づき、耐え抜く以外に道はないと思うのです。こうした状況が三日三晩続くのですが、彼にとっては苦痛であるにせよ、喜びでもあるのです。この緊張の持続こそ、プロの漁師として待ち望んでいたものだからなのです。

この緊張は、二つの部分から成り立っています。第一は、大魚を仕留めるまでの緊張です。この時点では、サンティアゴは明らかに勝者です。しかし第二の緊張が待ち構えています。鮫の襲撃から大魚を守らねばならないのです。しかし、その試みが無駄なことをすぐに知らされます。サンティアゴは非常に人間らしい弱みを持っているのです。苦境に陥るたびに、「あの子がいたら」と呟くことからも明らかです。「あの子」とは彼が釣りの手ほどきをしたマノリン少年のことです。彼は四十日もサンティアゴと行動を共にしていましたが、彼を見限った父親の指示にしたがい、彼の腕を信じていながら、心ならずも別の船に乗り込んで漁をすることになりました。少年の不在は、老人が自分の力の限界を知っていることを示しています。少年は老人の弱さを補うはずでした。したがって、少年はサンティアゴが闘いの最中に思いを馳せる、踵の傷みと闘うヤンキースの名外野手ディマジオや、夢の中に出てくるライオンと大差ありません。彼が苦しい闘いにあって、彼らのことを何度となく思い起こすのは、勇気とか闘争心を奮い起こすためなのです。ここで重要なのは、「あとがき」の冒頭の部分で紹介した、『老人と海』の要諦となる言葉です。

「人間はめちゃめちゃにやられるかもしれないが、負けはしない」

サンティアゴにとって、敗北は敗北ではありません。この作品には一貫してこの認識が、通奏低音のように響いています。彼は物事を決して結果で判断しないのです。自分の失敗を「遠出をしすぎただけなんだ」と考えて、あっさり認めてしまうことからも、容易に想像することができます。その代わり、大魚との闘いを通して、自己の力や勇気、プロの漁師としての尊厳を保つことに成功しています。彼の大魚や鮫との闘いは、与えられた機会にいかに全力を出し切るか否かにあったわけですから、物語の最後に登場して、砂浜に放置された巨大なマーリンの骸骨を見て、それが鮫の骸骨だと早とちりする観光客の女と著しい対照をなしています。彼女にとって、老人が大海原で生死を掛けた孤独な闘いを繰り広げたことなど、思いも寄らないことなのです。ヘミングウェイの冷笑的な目は、明らかに老人の苦闘にさえ想像力の及ばない現代社会の軽薄さそのものに、向けられているとは考えられないでしょうか。

年老いたサンティアゴにとって、生きるとは海の上での孤独な闘いにありました。それゆえ、彼が現代文明から遠いところに離れたのは、原始的な人間本来の姿に戻り、自分の力だけを頼りに、根源的な自然の生存競争のなかに自ら飛び込んで、生を燃焼させることにあったのです。ヘミングウェイの意図は、人間のなかに脈々と受け継がれてきたであろう闘争心を呼び覚まし、サンティアゴの行為を通して提示することで、忘れ去られようとしている人間の高貴さや尊厳、あるいは真の勇気を示すことにあったのです。『老人と海』の要諦は、物語の初めにライオンの夢を見ていた老人が、物語の終わりで再びライオンの夢を見るひとつのサイクルのなかで、真に生き抜く姿を読者に提示したことなのです。このサイクルは人類が、いや生きとし生けるものが、永遠に継承していくサイクルと言っていいのです。なぜなら、サンティアゴは再び海に出て行くでしょうし、また後継者としての別のサンティアゴが、必ず生まれてくるのです。ここにヘミングウェイの、人類の未来に対する強い信頼の念が、吐露されていると考えられるのです。この点こそが、私の言う『老人と海』が、すべての雑念を削ぎ落したであろうヘミングウェイを、一段高い領域にまで押し上げた作品と言う意味なのです。

『老人と海』の発想の原点は、ヘミングウェイが三〇年代に見聞きした出来事にあったと言われています。彼はそのことを『エスクァイア』誌の三六年四月号に、「青い海で――メキシコ湾流通信」というタイトルで次のように記しています。

老人はただひとり、小舟に乗ってメキシコ湾流の中で彼らと闘い……やがて疲れ果てて、鮫たちは喰えるだけみんな平らげてしまった。漁師たちが彼を助け上げたとき、自分の損失に半狂乱になって舟の中で泣いていたが、鮫は相変わらず舟の周りを泳ぎ回っていた。

なぜヘミングウェイはこの老人が泣いたように、サンティアゴの生き方に敗北を認めようとしなかったのでしょうか。彼は敗れざる者として完璧に描かれています。ここにヘミングウェイの、結果にかかわらず生きることの何たるかの信念が、間違いなく凝縮されていると見なすことができるのです。

最後になりますが、書き上げた『老人と海』という物語にヘミングウェイがどのような思いを抱いていたのか、二つの資料を紹介したいと思います。まずは出版の前年の一〇月に出版元の社長であったチャールズ・スクリブナーに出した手紙で「これは私が一生をかけて目指してきた散文で、平易で読み易く、短いようで、目に見える世界と人間の精神の世界についてのあらゆる要素を持ち合わせています」と述べています。そして出版時期に合わせて掲載された『タイム』誌の一九五二年九月八日号では、草稿に手を入れて最終稿にする際に抱いた感慨を「私は原稿を二百回以上も読み返さねばなりませんでした。そして、その都度、私に何かをもたらすのでした。まるで一生をかけて目指してきたことを、ついに手に入れたような思いでした」と述べています。いずれも彼が『老人と海』で実現できたものについて、並々ならぬ手応えを感じていたことを示す証左になるものでしょう。

翻訳に当たって

ヘミングウェイの英語は、必ずしも巷間言われているような平易なものではありません。

ただ主人公が年老いた漁師であるため、彼の用いる言葉をどう日本語に置き換えるか考えました。比較すべき今日の日本の若い漁師の皆さんの言葉遣いとは違うだろうし、かといって今のお年寄りの漁師さんがしゃべるような土地土地の方言が多く混じる言葉遣いとも違うのではと思いつつ、原文を眺めてみると、彼の話し言葉や独白、あるいは意識の流れ等には、所謂方言というような表現もなく、きわめて標準的な英語で書かれていることがわかります。そこで、標準的な日本語を用いて、方言交じりの表現を避けることにしました。意識したのは、日本語に置き換える際に、大胆な意訳、あるいは超訳なるもの、さらには原文の一部等の省略はせずに、一言一句をもれなく訳出するのに心を砕きました。そのために、もしかしたら物語から劇的な要素や大胆な表現、スピード感等が抜け落ちているように感じられるかもしれません。私があくまでも原文に沿った形に拘るのは、『老人と海』という作品が醸し出す雰囲気が、静かに淡々と流れる時間のなかで、何とも言えない静けさといいますか、いわゆる静謐さを感じさせるからなのです。作品ではサンティアゴと大魚が、後には鮫と壮絶な闘いがおこなわれているのですが、私には何故か作者のヘミングウェイが澄み切った心で、すべてを淡々と、悟りを開いたように、なるがままに受け止めている感じがしてならないのです。

次に、註についてですが、比較的多くつけて、少しでも作品を理解する早道になるように役立てようとしました。何しろ本作は今から七十年前の作品ですから、当時は読者が自然に合点がいったものでも、今では素直に頭に入らないものもあるかと思います。特にメジャーリーグ関連の人名やチーム名には解説を加えました。また作品が作品なだけに当然ですが、多くの魚の名前が出てきます。百科事典のようなわけにはいきませんが、せめてその魚が何色で、どのくらいの大きさでどの程度の重さかがわかるように配慮しました。

また、本書ではサンティアゴが仕留める大魚を、一貫して「マーリン」と訳してあります。註で説明したように、マーリンと呼ばれる魚は世界で約十種類、温暖な大西洋では三種類が棲息していて、それらを捕まえたときには具体名を言わずにマーリンという総称で呼ぶのが常だからです。そのほか、鳥や昆虫や雲、さらには漁具や舟体関連、スペイン語についても註を設けました。いずれも大枠の解説ですので、興味のある読者は大部な写真入りの事典等で知識を広げて欲しいと願っています。

最後に少年マノリンの年齢について、私なりの解釈を述べたいと思います。ヘミングウェイ研究家が以前から指摘しているように、本書には読み始めて間もなく「大シスラーの親父さんは、決して貧乏なんかじゃなかった。ぼくの歳のころには、もうメジャーリーグでプレーしてたんだから」とマノリンが話す場面があります。このことから、彼は少年（boy）ではない、という指摘がなされています。ここで言う「大シスラーの親父さん」は、イチローのお蔭で二〇〇四年に日本でも時の人になりました。二〇〇四年にイチローに破られるまで、彼はシーズン二五七安打の記録を八十四年間保持していました。一八九三年生まれで、一九一五年にメジャーリーガーになったことになりますから、計算すれば二十二歳のときにメジャーリーグのチームに入団していますから、このデータに基づけば、マノリンの年齢は二十二歳以上だったことになります。確かに、ボーイという語の意味は少年だけでなく、年齢の範囲が広いらしく、アメリカ人の家庭などでは使用人のことを「うちのボーイが」などと言いますが、ボーイのイメージとは程遠い歳のいった人が出てきて、びっくりすることがあります。確かに向こうの英語辞典にも、一般に考えるboyより上の年齢に"boy"を当てはめる例が多々説明されています。

本書は確か三十カ国以上の国語に翻訳されて、読み継がれています。この年齢についてのデータを正確に把握して、どれほどの読者がマノリンを二十二歳以上の若者として読むか、疑問が残ります。また、ヘミングウェイが確信をもって、マノリンを二十二歳以上の若者として描いたのかについても、疑問が残ります。たとえば、彼は発売から五日後の九月十三日に、美術史家のバーナード・ベレンソン宛の手紙で、「象徴性はまったくありません。海は海です。老人は老人なのです。少年は少年で、魚は魚です。鮫はどれも鮫で、それ以上でもそれ以下でもありません」と述べています。この言葉が示唆しているのは、読者がいかなる先入観も持たずに心を無にして、素直に作品と向き合えば、自ずと本書の精髄が感得できる、ということではないでしょうか。手紙にある「少年は少年で」を「若者は若者で」と言い直し、年齢を引き上げて捉えるのは少し無理があるように思えます。

　マノリンと老人が実際にキューバの球場で目撃したことになっているのは、ここでいうところの息子の現役大リーガーの方ですから、ヘミングウェイの記憶も確かでしょうが、親父さんのシスラーの記憶については曖昧だったかもしれません。彼がデビューした一九一五年は、ヘミングウェイは十五歳で、『老人と海』の執筆時の三十五年も前のことですから、果たして当時シスラーを知っていたかも疑問です。ましてシスラーは地元のシカゴの選手でもありません。

　ここで話を物語そのものに戻します。マノリンを二十二歳以上と捉えるのは、少々無理があることを幾つか挙げたいと思います。その箇所はマノリンが出てくる、物語の出だしの部分だけに集中しています。まず、老人が不漁続きで親から老人と行動を共にするのを止めるように言われ、親に従わねばならなかった理由が、マノリンの口から「父さんだよ、引き離したのは。ぼくは半人前（boy）だから、言うことを聞かなくちゃならないし」と語られるのです。私はキューバの父親の権威、あるいは父と子の関係といったキューバの伝統的文化については不案内ですが、はたして二十二歳のマノリンが自分をこの場面で

"boy"と呼ぶか疑問が残ります。

このすぐ後で、少年がテラス食堂で老人にビールをおごる場面になりますが、老人が飲むだけで、少年が飲む描写がありません。これもキューバの飲酒年齢の法律に関することですが、二十二歳で男同士ですから、一緒にビールを飲む様子がないのは不自然です。

三つ目は、この直ぐ後で、マノリンが老人が明日使う餌のイワシを、取ってくるという場面があります。そこで老人は「野球をして遊んでおいでよ」と言って断ります。二十二歳の若者に言う物言いには思えません。マノリンは遊びたい盛りなのでしょう。そしてなおも取りに行きたいと言い張るマノリンに「ビールをおごってくれたじゃないか」「おまえはもう立派な大人（already a man）だよ」、と言うのです。これは明らかに少年に向かって言う言葉で、二十二歳の若者に向かって言う言葉ではありません。

そのほかに、マノリンは朝なかなか起きられないので、老人に起こしてもらう場面がありますが、そこでも少年はこんな風に答えます「親方に起こされるのがいやなんだ。半人前（inferior）みたいでさ」。この"inferior"は「劣った」という意味ですから、親方に起こされるようなだらしない男に見られたくないと、背伸びしているのです。これも同じですが、眠たげな少年を起こしたとき、老人が「すまないな」と申し訳なさそうに言います。するとと少年は「とんでもないよ」「一人前の男（a man）だったら、しなくちゃならないことなんだから」と返答します。これも前と同じで、大人になったことを認めてもらえるように、自分では眠くて起きられない少年が、無理を承知で背伸びしているように見えます。

これまで、マノリンが二十二歳には見えない私の考えを、作品の内容に即して幾つか挙げてきましたが、本作を見る限り、彼の実際の年齢を知る手掛かりはただ一つ、先ほど述べたシスラー誕生の年とデビューの年しかありません。私はマノリンを少年と訳しても青年と訳しても、物語でヘミングウェイが訴えようとしている本質は変わらないと思っています。作者の勘違いと思って少年と読むか、否データは動かせないので、彼を若者として読むのが妥当なのか、どちらですかと問われれば、私は前者の方に与して読みたいと思います。読者のみなさんはどちらでしょうか。

最後にサンティアゴの年齢についてです。今回初めて読む人にとっては八十歳以上を想定するかもしれません。それはそれでいいのですが、米国議会図書館の議会調査局発行の「合衆国の平均余命」という報告書によれば、『老人と海』の出版年の五十二年当時の白人男性は六六・六歳、黒人男性は五九・一歳、米国人全体で六八・六歳です。

ヘミングウェイの創造した主人公たちは、彼の分身といわれるほど、ヘミングウェイの執筆時の年齢か物語の時代背景の時に即した作者の年齢とほぼ一致しています。『河を渡って木立の中へ』をヘミングウェイが執筆していた年齢は五十歳で、キャントウェル大佐も五十歳です。そう考えると、『老人と海』の執筆時は五十二歳ですから、サンティアゴの心のなかでは、五十二歳のヘミングウェイの頭で感じたこと、さらには老いを感じ始めた肉体で感じたことが駆け巡っていたに違いありません。ただし、サンティアゴはヘミングウェイの分身ではありません。心はヘミングウェイのそれを反映していると見なしていいのですが、肉体はヘミングウェイの年齢とは違います。この点だけでも、これまでのヘミングウェイの主人公のあり様とは違う異質さがあります。

当時の米国の平均余命を参考にすれば、キューバ人のサンティアゴは案外、六十歳位だったかもしれません。ヘミングウェイは六十二歳の誕生日を迎えるおよそ三週間前に猟銃自殺を遂げましたが、そのころの写真を見るにつけ、心身ともに病魔に侵されていたとはいえ、いかに老いて見えたことか。日本でも今は還暦のお祝いをする人など、ついぞ見かけませんが、一九六〇年辺りまでは還暦祝いに赤いちゃんちゃんこを着せられ、長寿を祝ってもらった人をよく見かけたものです。彼ら彼女らは正真正銘のお年寄りに見えました。果たしてヘミングウェイが描いた老人は、何歳だったのでしょうか。興味は尽きません。

最後になりますが、本書の出版の労を取って下さり、細かい注文に気持ちよく応えて下さった小鳥遊書房の高梨治氏に、心より感謝申し上げます。以前から小鳥遊という社名に親しみを抱いていました。小鳥遊とは高梨という氏が転化した由緒ある名字だそうですが、字が正確に読めなくても、小鳥が遊ぶとはなんと穏やかな理想郷にも似たイメージを喚起させる三文字だろうと感じていました。小鳥を餌食にする鷹がいないことから、鷹無し、鷹がいないので小鳥が遊べる、小鳥遊と転化したようですが、我らがサンティアゴも「鷹のやつらが、……小鳥を探しに海に出張ってくるんだ」（六十五頁）と言っているように、自然界の掟は厳しいのが常です。せめて人間の世界くらい、鷹がいても小鳥が安心して遊べる世界が常態化する日が訪れるよう、不可能とは承知の上で期待せずにはいられません。

二〇二三年二月四日　立春を迎え

島村法夫

【挿し絵画家】

レイモンド・シェパード

（Raymond Sheppard）

1913年、ロンドンで生まれる。著名な版画家シルヴァン・ボクシウスに絵画を学ぶ。ロンドン動物園で鳥や動物のスケッチをし、*How to Draw Birds* (1940)、*Drawing at the Zoo* (1949)、*More Birds to Draw* (1956) を著す。風景や家族の肖像を水彩や油彩、パステルで描き、長女のクリスティーン、長男のマイケル、妻のアイリスを描いたスケッチが多数ある。第二次世界大戦中は英国空軍の写真部隊として活躍。また、ジョナサン・スイフトの『ガリバー旅行記』の第一部『リリパット島』、ヘミングウェイの『老人と海』、児童文学作家のイーニッド・ブライトンや狩猟家にして博物学者のジム・コーベット等の100冊近くの挿絵を描いたことでも有名。1949年から健康を害し、十年近く癌と闘い、58年に45歳の若さで不帰の客となった。日本語訳ではジム・コーベット作、渡辺妙子訳、レイモンド・シェパード絵『人くいヒョウの国』（平凡社、1957年）がある。

【訳者】

島村法夫

（しまむら　のりお）

立教大学文学修士。中央大学名誉教授。日本ヘミングウェイ協会元会長、現顧問。中学生の時、場末の映画館で『武器よさらば』と『日はまた昇る』を続けて観て、ヘミングウェイを知る。本格的にヘミングウェイの作品を読み、『武器よさらば』と『誰がために鐘は鳴る』の主人公の社会に対する立ち位置の違いに気づき、その変化の原因を解明しようとしたのが、研究の原点になった。著書に『アメリカ文学の冒険——空間の想像力』（共著、彩流社、1998年）、『ヘミングウェイを横断する——テクストの変貌』（共編著、本の友社、1999年）、『ヘミングウェイ 人と文学』（単著、勉誠出版、2005年）、『アーネスト・ヘミングウェイの文学』（共著、ミネルヴァ書房、2006年）、『アーネスト・ヘミングウェイ——21世紀から読む作家の地平』（共著、臨川書店、2012年）、『ヘミングウェイ大事典』（監修・共編著、勉誠出版、2012年）、『ヘミングウェイと老い』（共著、松籟社、2013年）、『ヘミングウェイ批評——三〇年の航跡』（共著、小鳥遊書房、2022年）などがある。訳書にデブラ・モデルモグ著『欲望を読む』（共訳、松柏社、2003年）。

【著者】

アーネスト・ヘミングウェイ

（Ernest Hemingway）

1899年、シカゴ近郊オークパークで生まれる。高校で執筆活動に勤しみ、学内新聞に多くの記事を書き、学内文芸誌には3本の短編小説が掲載された。卒業後に職を得た新聞社を退職し、傷病兵運搬車の運転手として赴いたイタリア戦線で被弾し、肉体だけでなく精神にも深い傷を負い、生の向こうに常に死を意識するようになる。新聞記者として文章鍛錬を受けたため、文体は基本的には単文で短く簡潔なのを特徴とする。希土戦争、スペインでの闘牛見物、アフリカでのサファリ体験、スペイン内戦、第二次世界大戦、彼が好んで出かけたところには絶えず激烈な死があった。長編小説、『日はまた昇る』、『武器よさらば』、『誰がために鐘は鳴る』といった傑作も、背後に不穏な死の気配が漂っている。彼の才能は、長編より短編小説でこそ発揮されたと評価する向きがある。とくにアフリカとスペイン内戦を舞台にした1930年代に発表した中・短編小説は、死を扱う短編作家として円熟の域にまで達しており、読み応えがある。1954年度のノーベル文学賞の受賞対象になった『老人と海』では死は遠ざけられ、人間の究極的な生き方そのものに焦点が当てられ、ヘミングウェイの作品群のなかでは異色の作品といえる。1961年7月2日、ケチャムの自宅で猟銃による非業の最期を遂げた。

【挿し絵画家】

チャールズ・タニクリフ

（Charles Tunnicliffe）

1901年、英国北西部の町マックルズフィールドの南にある自然豊かな小村ラングリーで生まれる。20エーカー程の農地で、両親が飼育している色々な家畜に触発されて、彼らを幼い頃から描き始め、並外れた画才を示した。奨学金を得て、ロンドン王立美術大学を優秀な成績で卒業した。ヘンリー・ウィリアムスンの児童向け小説『かわうそタルカ』（日本語版は福音館、1983）に挿し絵として23枚の木版画と16枚の線画を載せ大成功を収め、以後彼の七つの物語の挿し絵を描いた。1930年代には鳥や野生動物の挿し絵の注文が増え、幸運にもこの時期、鷹匠の世話で生きたハヤブサ、オオタカ、ハイタカ等を近くで描写する機会を得たり、動物学者の好意で多くの鳥の標本を目にし、彼らを細部にわたって正確に描く知識を身につけた。1947年以降、故郷近くのアングルシー島に住み、そこでの暮らしを綴った挿絵入りの自著 *Shorelands Summer Diary* をはじめ、*Wonders of Nature*、*Bird Portraiture*、*How to Draw Farm Animals*、*Mereside Chronicle*、*Birds of the Estuary* 等の著作がある。彼は風景画家としても活躍し、木版画、銅版画、水彩画、油絵で優れた作品を残した。1979年に他界したが、彼の挿絵が掲載された書籍は400冊以上に上るといわれている。

挿し絵入り版
老人と海

2023年5月25日　第1刷発行
2023年9月15日　第2刷発行

【著者】
アーネスト・ヘミングウェイ
【挿し絵画家】
チャールズ・タニクリフ／レイモンド・シェパード
【訳者】
島村法夫

発行者：高梨 治
発行所：株式会社小鳥遊書房
〒102-0071　東京都千代田区富士見1-7-6-5F
電話 03-6265-4910（代表）／FAX 03-6265-4902
https://www.tkns-shobou.co.jp
info@tkns-shobou.co.jp

印刷　モリモト印刷株式会社
製本　株式会社村上製本所
ISBN978-4-86780-017-1　C0097